Mr. Mustang

Annette Dollard

Mr. Mustang

Roman

© 2021 Annette Dollard

Cover: Lone Frost, Frostreklame

Forlag: BoD – Books on Demand, Hellerup, Danmark

Tryk: BoD – Books on Demand, Norderstedt, Tyskland

ISBN: 978-87-4303-307-3

Til NJR

Beklager forsinkelsen

Mr. Mustang

Kapitel 1

Nicklas J. Reuthman så sig selv som en fredelig mand.
Der skulle en del til at hidse ham op. Men når en flabet
knægt tillod sig at overhale ham i en latterlig rustrød
Skoda, var målet nået.

Han hvilede sin specialsyede cowboystøvle lidt tungere
på speederen og fik sin Mustang til at stejle af fryd, da han
satte jagten ind på synderen. Man kunne dårligt kalde det
her kattens jagt efter musen, tænkte han, da han på få
sekunder indhentede Skodaen. Snarere panterens jagt
efter sneglen.

Med et behændigt greb hev han i den forkromede
håndbremse med den ene hånd og drejede på det
læderbetrukne rat med den anden, så hans Mustang fløj
ind foran Skodaen og blokerede den vejen.

Det var en fornøjelse at se knægtens arrogante smil blive
afløst af skræk, da Nicklas langsomt steg ud af bilen. Det
var tydeligt at han frygtede det værste. Og med god

grund. Nicklas rettede på sin Stetson hat og lod næsten tilfældigt pistolhylsteret blive synligt under læderjakken.

Han lagde hånden på Skodaens flade tag og tog en dyb indånding. Med en stemme der ikke opfordrede til brok, bad han knægten om at præsentere sit kørekort i en vis fart. I samme øjeblik lød der et langtrukkent skrig fra grøftekanten.

Han greb automatisk sin pistol, afsikrede den i et rutineret greb og løb over mod grøften. Idet han begyndte at søge i krattet, hørte han Skodaen blive bakket et par meter og derefter speedet voldsomt op. Lad knægten køre, tænkte han ved sig selv. Jeg skal nok få ham en anden gang.

I bunden af krattet lå en ung pige. Langt rødblondt hår samlet i en hestehale, slidte jeans og en falmet sweatshirt. Det mest iøjnefaldende var dog de mange rifter hun havde i ansigtet. Nicklas satte pistolen tilbage i hylsteret og rakte hånden frem for at hjælpe hende op.

- Er du okay?

Pigen fejede arrigt hans hånd væk og tog sig til kinden.

- Jeg har det fint!

Det var jo tydeligvis løgn. Han skiftede strategi.

- Hvordan er du havnet i grøften?

- Det kommer ikke dig ved!

Hun rejste sig med besvær og børstede græs og jord af sit tøj.

Okay, det måtte være nok. Han tog et fast greb i hendes arm og slæbte hende op ad grøften, imens hun protesterede højlydt.

- Unge dame! Hvis ikke du vil svare på mine spørgsmål, følger du med mig på politistationen.

Nicklas åbnede bagdøren til bilen med den ene hånd og puffede pigen ind på sædet med den anden. Da han satte sig ind på førersædet, fangede han hendes vrede blik i bakspejlet.

- Du har ingen ret til at behandle mig sådan. Det er politivold!

Hendes skingre stemme fik ham til at sukke dybt. Han drejede nøglen og så hendes blik skifte til overraskelse, da bilradioen begyndte at slynge rap rytmer ud i voldsom højde.

Han ærgrede sig over at han ikke havde slukket radioen da han havde stoppet Skoda piloten, men han havde været mere optaget af at standse knægten end af sit image som autoritær lovhåndhæver. Han slukkede hurtigt for musikken og lavede hjulspin hen ad den mudrede landevej.

Få minutter senere placerede han bilen med hvinende dæk foran den beskedne rødstensbygning med det falmede Politi skilt over døren. Personligt havde han altid syntes at der burde stå Sherifkontor i stedet, så langt ude på landet som det lå.

Da han nåede om til bagdøren, konstaterede han til sin tilfredshed at pigen var blevet lidt mindre kæphøj af den raske køretur. Hun kravlede selv ud og ømmede sig lidt, da hun kom op at stå.

Nicklas skubbede hende foran sig ind i det lille kontor. Hans sekretær Linda stod og fodrede kopimaskinen med dokumenter. Hun så op, da pigen brokkede sig over at blive placeret i en spinkel træstol.

- Linda, vil du hente et glas vand til damen her!

Han satte sig tungt i kontorstolen og gjorde klar til at skrive rapport.

- Navn?

Pigen skulede uden at mæle et ord. Han kunne mærke blodtrykket stige. Irriterende tøs! Hvor meget ballade skulle han have med hende?

I det samme kom Linda med et stort glas lyserødt saftevand, som hun satte på bordet med et lille smil til den forhørte. Den kvinde kunne ikke udstråle andet end moderlig omsorg, uanset hvor meget hun forsøgte.

Pigen sank sammen på stolen, som om gassen var gået af hende.

- Jose!

Stemmen var stadig trodsig, men i det mindste svarede hun.

- Sagde du Josef??

Nicklas' pegefinger kredsede over tastaturet imens han ventede på svar, men der kom ikke noget. Pigebarnet havde travlt med at drikke det lyserøde stads.

- Jeg havde engang en veninde, hvis barnebarn blev kaldt Jose – men på dåbsattesten stod der Josefa.

Lindas stemme antydede hyggesnak, men den unge pige bed på krogen.

- Josefine!

Pegefingeren ramte tasterne i en tung og langsom rytme.

- Efternavn?

Jose var færdig med at være samarbejdsvillig, så hun lagde armene over kors og kneb læberne sammen.

- Skal vi ikke få dig til en læge?

Lindas stemme var venlig, og tonefaldet virkede tydeligvis på Jose, men hun rystede alligevel på hovedet. Hendes skrammer virkede overfladiske, men Nicklas ville også gerne have haft en fagperson til at se på dem. Han havde ikke lyst til senere at blive sagsøgt for forsømmelse.

- Jeg skal ingen steder!

Tonefaldet lukkede af for videre diskussion.

Han sukkede. Han var ikke i humør til at diskutere med en sur teenager.

- I orden med mig! Linda, ræk mig nøglen til kachotten!

Linda så overrasket på ham, men det var tydeligvis ingen joke. Hun gik hen til sit skrivebord og fandt nøglen frem. Nicklas rejste sig, gik rundt om bordet og tog fat i Joses arm.

- Av! Hvad laver du??

- Ti stille og kom!

Jose fortsatte med at klynke og brokke sig, imens han førte hende ud i den smalle gang og hen til et lille aflukke med tremmer for. Han åbnede døren og skubbede hende ind, så hun landede på den smalle seng.

Han låste tremmedøren og undgik omhyggeligt at få øjenkontakt med den lille burhøne.

Joses skingre stemme kunne sagtens høres igennem væggen, da han satte sig tungt ved sit skrivebord.
Linda så bekymret på ham.

- Hvor længe kan du beholde hende der før det giver problemer? Har du en officiel anklage imod hende?

Nicklas vidste at hun havde ret. Det var teknisk set ikke lovligt at sætte hende bag tremmer, når han ikke havde noget præcist at anklage hende for. Men han var ærligt talt løbet tør for ideer. I det mindste kunne hun få lov til at køle af et øjeblik, imens han samlede tankerne.

- Hun er der fordi hun ikke vil samarbejde med politiet!

Det meste politiarbejde i Flemløse og omegn, bestod i at finde stjålne genstande eller dele fartbøder ud. Det var sjældent at der dukkede mysterier op. Og selv om Jose næppe var en storforbryder på flugt, så var der alligevel noget ved hende der ikke stemte. Hun var tydeligvis ikke lokal. Hendes skrammer var lavet af en anden. Hvorfor var hun ikke ivrig efter at fortælle hvem?

Nicklas kløede sig distræt i overskægget, imens han overvejede om han skulle kontakte sin kollega i nabobyen Assens. Det kunne være at han havde set noget der kunne kaste lys over sagen.

Døren gik op og Knud kom ind sammen med Kingo. De to passede godt sammen: en ældre slidt politimand og en lige så ældre og slidt politihund.

- Så er afløseren ankommet!

Knud satte sig ved sit skrivebord, imens Kingo rullede sig sammen i sin kurv.

- Hvad er der så sket i dag?

Tonefaldet antydede, at han ikke forventede det store referat. Han skulle bare have at vide hvad han kunne forvente af sin nattevagt.

Nicklas satte ham ind i dagens begivenheder og forklarede at en af Knuds opgaver ville være at holde øje med gæsten. Derefter fulgtes han med Linda ud til bilerne og gjorde klar til at holde fri. Han vidste præcis hvad han havde brug for nu: at komme hjem og spille trommer for at få afløb for sin frustration, og derefter en godnatdrink hos Sascha.

Et par timer senere, parkerede han bilen på pladsen foran pubben. Området blev lyst op af et neon blåt skilt med navnet Jasper. Inden for var der ikke ligefrem fyldt op, og det passede ham fint.

Det dæmpede lys i pubben, matchede den jazz der flød roligt fra højtalerne. Sascha var i gang med at polere glas, da han dumpede ned på en barstol. Hun kendte ham godt nok til kunne lodde hans humør.

- En af de dage?

Hun fyldte et ølkrus og stillede foran ham, før han nåede at svare. Imens hun serverede for et par andre kunder, tog han nogle slurke. Roen bredte sig i maven, da han tørrede ølskummet af overskægget.

Sascha hvilede armene på bardisken og så på ham.

- Lad mig høre!

Nicklas ridsede kort op hvad der var sket. Ikke at det fyldte meget, men det var altid rart at vende tankerne med Sascha. De to havde kendt hinanden så mange år, at de forstod hinanden uden alt for mange forklaringer.

- Hun lyder som lidt af en håndfuld.

Nicklas nikkede. Det var en god beskrivelse.

- Tror du hun er rodet ind i større problemer?

- Tanken har strejfet mig. Men det er ikke nemt at komme dybere ind i, når hun ikke vil fortælle noget.

- Har du spurgt dine kolleger i nabobyerne? Måske de har noget?

Nicklas fortalte at det stod på hans to-do liste for næste dag. Han ville også tage Joses fingeraftryk, for at se om hun skulle have flirtet med politiet før. Men lige nu ville han bare nyde sin øl uden at skulle tænke alt for meget. Sascha var allerede ved at tappe krus nummer to.

Kapitel 2

Vinden piskede mod ansigtet, da Nicklas kom tilbage fra sin løbetur. Det var noget af det han nød allermest: at få hovedet blæst klart inden arbejde. En hurtig skyller og så var han parat. Kaffen på kontoret var lokkende og stærk, og det var alt hvad han havde brug for om morgenen.

Knud var ved at pakke sammen, da han ankom. Linda var allerede mødt og kaffen duftede friskbrygget. Imens Nicklas fyldte sit krus, fortalte Knud at deres gæst havde sovet roligt, og at hun ikke var vågen endnu. Det passede fint med de planer Nicklas havde, for så kunne han lave lidt politiarbejde, inden han skulle slås med den mopsede teenager.

Flere opkald senere, måtte han skuffet indse at der ikke var hjælp at hente hos kollegerne. Ingen andre småbyer havde oplevet noget der kunne forklare Joses situation.

Da han lagde røret efter det sidste opkald, kom Linda ind med posten og lagde en stak breve på hans bord. Han bladrede hurtigt igennem dem. De fleste var ikke så interessante. Linda havde sorteret dem fra som skulle arkiveres eller bearbejdes, og så ville hun vise ham dem når de var klar.

Midt i stakken lå en invitation til en afskedsreception. Det var en gammel kollega og bekendt, Peter Radbæk, som gik på pension. Receptionen skulle foregå på hovedstationen i amtets største by.

Nicklas var ikke den store festabe. Tanken om at skulle klædes ud i fuld mundering og stå og svede i selskab med en flok politifolk der overgik hinanden i drabelige bedrifter, stod ikke øverst på hans ønskeliste. Men han vidste også at det ville blive bemærket, hvis han ikke kom.

Politikontorets gæst var tydeligvis vågnet. Der blev råbt igennem inde fra kachotten. Linda skyndte sig derind, da det fremgik at råberiet at Jose skulle tisse. Efter fuldført mission, ledte Linda den stadig surmulende Jose ind på stolen foran Nicklas' skrivebord.

- Linda, henter du fingeraftryk sættet?

Linda gik ud og hentede sættet og lagde det foran ham.

- Da du ikke vil give mig de oplysninger jeg skal bruge, må jeg finde dem på en anden måde. Kom med højre hånd.

Ikke overraskende, lagde Jose demonstrativt armene over kors.

Nicklas gad ikke diskutere mere, så han rejste sig, lænede sig ind over bordet og tog et fast greb i hendes arm. Hun brokkede sig højlydt, da han skilte hendes fingre ad og trykkede dem mod sværten og derefter på papiret, en for en.

Han overlod det til Linda at sørge for rene fingre, imens han satte computeren til at sammenligne aftryk. Den tyggede på data nogle minutter og konstaterede så lakonisk at der ikke var noget match i arkiverne.

Nå, så var han altså igen stødt mod en mur. Han lænede sig tilbage i stolen. Hvad ville være et logisk næste skridt?

Hjælpen kom fra uventet kant. Jose fik øje på Kingo der betragtede hende fra kurven.

- Nååååh, hvor er du sød!

Kingo kunne ikke stå for hendes kurren og slentrede stivbenet hen for at blive kløet bag ørerne. Jose lagde sig på knæ foran ham og nussede og aede, og Kingo kvitterede med våde kys.

Nicklas konkluderede at Jose var blevet blødgjort en smule, og at nu ville være et godt tidspunkt at få nogle svar.

- Hvem smed dig ud af bilen i går?

Jose sukkede og fortsatte med at kæle med Kingo.

- Mine venner. Vi kom op at skændes.

- Har dine venner et navn?

Jose ignorerede hans spørgsmål.

- Hvad kom I op at skændes om?

- Jeg gad ikke være med mere!

- Være med til hvad?
Joses hånd holdt pause et øjeblik, og hun vendte sig om mod Nicklas.

- Tror du jeg er dum? Du vil have mig til at sige noget du kan bruge imod mig bagefter! Det kommer overhovedet ikke dig ved!

Nicklas var ved at være vant til det flabede tonefald, men Linda havde fået nok.

- Unge dame! Du skal ikke tale sådan til en politimand – eller til nogen andre, for den sags skyld!

Det kom tydeligvis bag på Jose at Linda også kunne sætte grænser. Nicklas konstaterede endnu engang at det var guld værd at have en garvet mor ansat. Linda havde tvillingedrenge, Lukas og Malthe, derhjemme, så hun var svær at løbe om hjørner med.

Jose faldt ned igen, men der var ikke flere informationer at hente fra hende. Nicklas bad Linda føre hende tilbage til det lille aflukke ude bag kontoret.

Hvordan kunne han bedst få hevet nogle brugbare svar ud af hende? Han kunne ikke bare holde hende indespærret for evigt. På den anden side kunne han heller ikke slippe hende løs, før han vidste hvad det var hun var rodet ind i.

Telefonen kimede og afbrød hans tanker. Det var kollegaen Peter Radbæk.
- Hej, du gamle! Har du fået invitationen til min reception?

Nicklas skar ansigt, men skruede stemmen op i et begejstret leje.

- Selvfølgelig har jeg det! Jeg har allerede pudset mine sko!

- Som om du går i sko! Du mener vel cowboystøvler!

Peter Radbæk grinte højt af sin egen vittige kommentar. Nicklas undlod at svare. Manden havde ret. Nicklas ejede ganske vist et par lækre italienske lædersko, men de var parkeret i skabet indtil næste begravelse eller bryllup. Alle andre tidspunkter foretrak han støvlerne.

Nicklas og Peter havde arbejdet sammen på en røverisag for nogle år siden, og ellers rendte de på hinanden til forskellige arrangementer. Men ud over det havde de meget lidt tilfælles. Peter kunne ikke sige to sammenhængende sætninger, uden at mindst en af dem handlede om golf. For Nicklas var golf ikke noget man spillede, men noget man kørte i, hvis man var uheldig.

I det hele taget havde Nicklas ikke valgt sine venner ud fra jobbet. Han foretrak at dyrke andre interesser når han havde fri. Musik og motorsport stod højt på listen. Han snakkede sjældent højt om det, men trommer var hans store passion. Det lækre sæt fra Pearl blev brugt flittigt, især efter en frustrerende arbejdsdag. Så hvis den her sag med Jose ikke snart begyndte at åbne op, skulle han nok til at skaffe nyt trommeskind.

Nicklas hørte kun halvt efter Peters beretning om sine store triumfer på den lokale golfbane, men han gjorde sit bedste for at grynte i et passende tonefald, hver gang der blev en pause. Han og Peter havde tydeligvis ikke samme opfattelse af hvad en "driver" var.

Døren til kontoret gik op, og Sascha kom ind. Hun hilste hjerteligt på Linda, imens Nicklas rundede sin telefonsamtale af. Som regel mødtes han med hende på pubben. Det var yderst sjældent at de sås på hans hjemmebane.

- Hey, jeg skal lige låne din politi-hjerne.

Hun dumpede ned på stolen foran ham.

- Til tjeneste!

Nicklas gjorde ironisk honnør.

- Da jeg mødte op på pubben, opdagede jeg at døren til lageret var brudt op. Der mangler 4 kasser med sprut.

Nicklas fandt en blok frem fra skrivebordsskuffen.

- Har du overvågningskamera derude?

- Ja, men det er ikke sat til. Jeg satte det op da jeg startede, men for et par år siden gik det i stykker, og jeg har glemt alt om det derefter. Det her plejer ikke ligefrem at være centrum for kriminelle!

- Den slags findes nu alle vegne.

Han skar en grimasse der skulle understrege at han havde set lidt af hvert i sit job. Sascha nikkede eftertænksomt.

- Jeg har bare aldrig haft problemer før. Jeg kender jo alle her omkring! Det er ret groft hvis nogen af mine kunder skulle bryde ind!

- Nu er det jo ikke sikkert at det er nogen af de lokale der har gjort det.

- Tænker du at det er turister hvis GPS ved en fejl har ledt dem helt herud?

Sascha morede sig over tanken. Deres lille flække var sjældent mål for planlagte udflugter. Der var ikke så meget der kunne trække folk til, ud over en pæn natur og en rimelig afstand til nærmeste motorvej.

Nicklas trak på skulderen. Det var måske ikke sandsynligt, men på den anden side, så sad han jo netop nu med en sag om en pige der i hvert fald ikke var lokal. Så mærkeligere ting var vel set før.

- Tror du Jose kender noget til det?

Man skulle tro hun kunne læse hans tanker.

-   Svært at vide. Hendes mund er lige så lukket som en forlystelsespark i Corona-tider. Men jeg giver hende en chance til senere i dag.

Sascha rejste sig og lynede bikerjakken op.

-   Ses vi senere?

-   Selvfølgelig.

Nicklas vidste at det var begrænset hvor meget længere han kunne beholde Jose bag tremmer. Da Sascha var gået, ringede han tilbage til Peter Radbæk. Han håbede på at kollegaen kunne hjælpe med en vinkel på sagen, forhåbentlig uden flere golf historier.

-   Hej Nicklas! Hele to gange på en dag! Hvad skyldes æren?

-   Jeg vil høre om du er stødt på interessante tilflyttere i dit distrikt?

-   Hm. Hm. Lad mig se. Nej det tror jeg ikke. Ikke nogen der giver kriller i maven. Det tror jeg ikke.

Nicklas kunne se Peter for sig, med let rynket pande, grublende over spørgsmålet.

- Jeg gætter næsten på at du har fået gæster i dit distrikt, siden du spørger?

Sandt nok. Nicklas satte hurtigt kollegaen ind i historien omkring Jose – den smule han vidste.

- Jeg forstår dit problem. Det er interessant, det der. Helt sikkert. Men på den anden side, så kan det jo være en storm i et glas vand. Næppe noget der skal aktiveres en hel politistyrke for. Det er sandsynligvis bare en hormonel teenager, uden kontrol. Nu har du min mening. Bum!

Nicklas sukkede, takkede for Peters input og lagde røret på. Det var jo nok sandt. Jose passede meget godt på beskrivelsen "hormonel teenager". Under alle omstændigheder måtte han slippe hende igen i morgen.

Han overvejede om han skulle prøve at presse hende for oplysninger igen, men nåede frem til den konklusion at hun nok ville være modnet lidt mere i morgen tidligt. Så måtte han udnytte den sidste chance der.

Linda kom ind ad døren med en burger fra tanken. Det var Joses aftensmad. Nicklas øjnede chancen for at slippe tidligere afsted. Han havde seriøst brug for frisk luft og noget andet at tænke på.

- Kan du fodre gæsten af og sætte Knud ind i sagerne? Så kører jeg lidt tidligere i dag.

- Ikke noget problem. Frank arbejder over, og Lukas og Malthe er hos venner i dag, så jeg har ikke travlt med at komme hjem.

Nicklas takkede sin altid hjælpsomme assistent og gik ud til bilen. Han sørgede for at radioen var skruet godt op og at den rigtige playliste var parat. Han ville tage den lange tur hjem og bare nyde rytmerne over motorens dybe brølen. Det var som balsam for sjælen.

Kapitel 3

Jose sad og guffede røræg og bacon i sig, da Nicklas
mødte på arbejde. Ikke lige den slags luksusbehandling
han havde planlagt. Han sendte et irettesættende blik til
Linda, der behændigt udgik at se på ham. Knud rystede
opgivende på hovedet og signalerede at han ikke havde
haft noget med det at gøre. Uden at sige noget, traskede
han ud af døren med Kingo i hælene.

- Sovet godt, prinsesse?

Sarkasmen dryppede fra Nicklas' ord.

Der kom ikke noget svar fra Jose. Hun havde travlt med
at pirke et stykke bacon ud af tænderne. Hendes
skrammer var godt i gang med at hele – sikkert takket
været Lindas hjemmelavede salve. I det hele taget så hun
noget bedre ud. I håbet om at hendes humør fulgte samme
opadgående kurve, satte Nicklas sig på kanten af sit
skrivebord.

- Er du klar til at fortsætte vores lille samtale?

Han havde ikke ventet at Jose ville reagere ved første
forsøg, men hun sendte ham et næsten venligt blik.

- Hvad vil du vide?

Linda stod og rodede med nogle papirer i baggrunden, men Nicklas kunne ikke undgå at bemærke et lille smil. Han måtte konstatere at kvinder er luskede, manipulerende, farlige og aldeles uundværlige.

- Tja, vi kan jo starte med dit fulde navn og hvor du kommer fra.

- Josefine Marie Lind.

Nicklas tastede så hurtigt han kunne. Han var lettet og forundret over at en gang morgenmad kunne gøre så stor en forskel. I baghovedet kunne han høre sin mor holde et helt foredrag om effekten af lavt blodsukker. Måske havde hun haft ret.

- Og cpr nummer?

- Nul!

- Ja, og hvad mere?

- Nul som i No Way!

Og så var alt tilbage ved det gamle. Hvis årsagen var blodsukkeret, så var det på en seriøs rutsjetur.

- Tror du ikke godt jeg ved at du kan finde alle mulige oplysninger om mig, hvis jeg siger det??

- Sandt. Du har måske en masse at skjule?

Jose sank sammen på stolen. Gassen var gået lidt af ballonen.

- Se, hvis du fortæller mig hvad der er sket, så kan jeg sørge for at de bøller ikke generer dig mere.

Efter at have set hvor meget moderlig omsorg virkede på den unge pige, tænkte han at lidt faderlig ditto ikke kunne skade.

- De er ikke bøller – de er mine venner!

- Hm. Der hvor jeg kommer fra, smider man ikke sine venner ud af kørende biler.

Jose rettede sig op og så direkte på ham.

- De har aldrig gjort sådan noget før. Vi har hængt ud sammen i lang tid, og ……

Hun gik i stå og overvejede tydeligvis hvad hun skulle sige og hvad hun skulle holde for sig selv.

Nicklas lænede sig frem og fuldførte hendes sætning.

- Men I kom op at skændes, fordi du ikke ville være med mere? Hvad er det du ikke vil være med til?

Efter lidt tænketid, begyndte Jose at fortælle om en flok venner som smårapsede fra butikker. Mest slik og sprut. Hun var den yngste og var sjældent med til at stjæle. Hendes rolle havde været at være på udkig for de andre. Men på det seneste havde de andre snakket om alvorligere tyverier. De var i gang med at planlægge indbrud i butikker og private hjem, og der satte Jose en grænse. De havde været på vej til et indbrud, da de havde smidt hende ud af bilen fordi hun ikke ville deltage.

Nicklas gjorde sit bedste for at få hjerne og fingre til at følges ad, da han tastede rapporten ind.

- Kan du give mig navnene på dem?

- Aldrig! Jeg sladrer ikke om mine venner!

- Okay. Jamen, så håber jeg at de stadig er dine venner, for jeg bliver nødt til at løslade dig i dag. Du kan ikke fortsætte med at holde ferie her på statens regning.

Han bad Linda om at lave papirarbejdet, så Jose kunne sendes ud derfra.

Det var ikke helt tydeligt at se om Jose var lettet eller bekymret. Hun sagde ikke noget, strammede bare læberne og så utilnærmelig ud. Intet nyt der.

Linda så til gengæld bekymret ud. Hun forberedte de fornødne papirer, men Nicklas kunne godt læse hendes tanker.

- Jose, har du noget familie vi kan kontakte?

Det var sjældent at Linda brød ind i en afhøring, men det var et fornuftigt spørgsmål. Det var Jose til gengæld ikke enig i.

- Nej, det har jeg ikke. Og jeg er ikke noget barn!

Nicklas kastede et vurderende blik på hende. Det var svært at vide præcis hvor gammel hun var, når hun ikke ville give nogen oplysninger fra sig. Hun var nok over den kriminelle lavalder, men ikke meget.

Efter at have presset hende lidt, fik han dog en adresse ud af pigebarnet. Det var et hus der lå i et ældre boligkvarter ikke så langt derfra.

Da papirnusseriet var overstået, tilbød Linda at køre hende til nærmeste busstoppested, og Jose accepterede modvilligt.

Nicklas satte sig igen ved computeren da de var kørt. Han loggede ind på flere sociale medier i et forsøg på at finde Joses profil. Måske kunne han få nogle spor angående hvilke typer hun hang ud med.

Men der var ingen profiler i Joses navn. Meget usædvanligt. Personligt kendte han ikke nogen under 75 der ikke var på sociale medier. Og ikke mange over heller. Men hende her havde vist set Jack Reacher filmene.

Egentlig var han mest stemt for bare at glemme hende igen. Det lød jo ikke til at hun havde gjort noget alvorligt. Men på den anden side skulle det ikke ende med en masse indbrud i hans distrikt, fordi han havde sovet i timen.

Linda kom tilbage med et jakkesæt i plasticpose.

- Jeg hentede dit tøj fra renseriet, da jeg alligevel var ude at køre.

Hun hængte sættet på garderobestangen, og en stank af kemi fyldte kontoret.

Nicklas sukkede. Den der reception var kun et døgn væk. En dejlig lørdag, som kunne have været brugt på trommer, løb eller køretur i det blå, skulle spildes på billig vin og dårlige taler.

Han tog telefonen ved tredje ring.

- Hej, Sean!

Nicklas var ikke begejstret for folk der snakkede for hurtigt, især ikke når det betød at de sprang ord over.

- Hej Sean! Hvad kan jeg gøre for dig?

- Jeg vil bare høre om du har fået anmeldelser af indbrud i dit distrikt?

Nicklas rettede sig op i stolen. Det var jo det han havde spurgt andre om. Nu var der en kollega i en anden naboby der måske kunne hjælpe ham med at få hul på sagen.

Sean fortalte om en del anmeldelser han havde fået inden for de seneste par dage om indbrud, både i butikker og hjem. I alle tilfælde var tyvene gået efter let omsættelige ting som spiritus, parfumer og kontanter. Ting der var svære at spore. Men der var også i et enkelt tilfælde stjålet smykker.

Nicklas satte ham hurtigt ind i sagen om Jose og gengav hvad hun havde fortalt om sine såkaldte venner. De to kolleger blev enige om at sammenholde notater de næste dage, og samtidig holde ekstra godt øje med området.

På vej hjem, standsede Nicklas ved den lokale dagligvarebutik. Han havde planer om at lave en lækker middag til sig selv, inden han skulle på pubben.

Da han svang sin Mustang ind i en lidt for smal parkeringsbås, blev hans blik fanget af en skinnende rød Maserati Ghibli. Det var ikke et syn man så hver dag! De fleste i området kørte i firehjulstrækkere eller slidte familiebiler. Her var tydelig en ejer med klasse!

Han gik ind i butikken. Blikket søgte ikke kun efter råvarer til aftensmaden, men i høj grad også efter en fremmed med stil. Han så dog ikke andre end velkendte kunder og personale.

Da han nåede frem til kassen, hilste han på butiksejeren Annette. Den ældre kvinde havde ry for at være kronisk sur, men Nicklas kendte hende godt nok til at vide at hun bag den stramme mund og det hvasse blik, egentlig var venlig nok.

Han læssede hakkekød, kartofler og færdiglavet whiskysauce op på båndet.

- Ved du hvem ejeren af den røde lækkerbisken på parkeringspladsen er?

Annette kørte varerne rutineret igennem. Hun kiggede ikke op, men han vidste at hun var klar over hvilken bil han refererede til. De to mødtes ofte på Jyllandsringen for at se racerløb, og der var ingen tvivl om hendes passion for lækre køretøjer.

- Nej. Jeg har ikke set nogen fremmede her i dag, så jeg ved ikke hvor den hører til.

Underligt. Hvem kom kørende i sådan en øse, for bare at dumpe den på en lille parkeringsplads midt i ingenmandsland?

Et par timer senere, var Nicklas færdig med at spise, så han gjorde klar til at køre på pubben. Fredag var Karaoke Aften, og det var altid garanti for god underholdning.

Pubben var rimelig fyldt. Flemløse havde hverken biograf eller sportshal, så der var ikke så mange andre steder at gå hen for at hygge sig.

Han nikkede til Sascha, der havde travlt med at tappe øl og mixe drinks. Bagerst i lokalet stod pool bordet. Der var en flok ældre mænd i gang med et spil, så Nicklas gik op til baren indtil det blev ledigt.

Sascha satte et fyldt ølkrus foran ham og pustede en tot hår væk fra panden.

- Går det fremad med din gæst?

- Både og. Jeg var nødt til at lade hende gå, men det ser ud som om der er lidt røre i andedammen i nabobyen. Så nu må vi se om jeg skal invitere hende ind igen.

Han tog en slurk af sin mørke, bitre drik. Det så ud til at herrerne ved pool bordet var ved at runde af. Han tog kruset med og sendte Sascha et nik der antydede at de måtte snakke videre senere, men hun havde for travlt til at opdage det.

Da han nåede hen til bordet, stod Winnie og Benjamin der allerede med hver sin kø i hånden. De to var ikke lette at komme uden om i sådan et lille samfund. Ikke fordi de ligefrem hørte til hans inderste venskabskreds, men arbejdet gjorde at de ofte kunne drage nytte af hinanden.

- Noget nyt på tapetet?

- Næ, ikke meget at skrive hjem om.

Winnie slog en latter op. Det måtte være en journalist-joke.

Benjamin var travlt optaget af at kridte sin kø. Nicklas tænkte at det måtte være en udfordring at dele både adresse og arbejdsplads, men de så ud til at få det til at fungere.

De blev enige om at dele bordet, og Nicklas havde lige sendt det første skud afsted, da Saschas stemme lød i højtalerne.

- Velkommen til Karaoke Aften! Så er mikrofonen åben!

Der lød spredte klapsalver. Et par af stamgæsterne stod allerede og bladrede i kataloget over sange.

Nicklas vidste at de næste timer ville byde på mishandling af kendte hits. En sjælden gang imellem var der folk der rent faktisk behandlede sangene med respekt. Men han vidste af erfaring at der ville blive længere og længere imellem dem, efterhånden som aftenen skred frem.

Det var egentlig okay. Hvis han havde haft modet, ville han gerne have givet det en chance selv. Men han syntes det ville underminere hans værdighed og autoritet hvis han forsøgte. Så var det sikrere at holde sig til pool.

Kapitel 4

Når der ikke var akutte sager i gang, var lørdag ren afslapning for Nicklas. Det var forskellen på at være politimand i en storby og at være det ude på landet. Her handlede det mere om kontortider end om skæve arbejdstider, selv om han teknisk set altid var på tilkaldevagt.

Løbetur, bad, ekstra stærk kaffe og trommer – sådan lød hans faste morgenrutine. Han var godt i gang med at varme trommestikkerne op, da han fangede en asymmetrisk rytme i baggrunden. Han holdt inde med stikkerne løftet i en fastfrosset stilling for at lytte. Der var den igen! Det gik op for ham at der var nogen der bankede på døren.

Linda så ud som om hun havde sovet dårligt. Han lukkede hende ind og nåede lige at tænke at huset ikke ligefrem var gæsteklart. Det var han heller ikke. Det slidte joggingsæt gjorde ikke noget godt for hans stil, og håret var stadig vådt efter badet.

- Er der sket noget?

- Ikke på kontoret. Men jeg vil gerne snakke med dig om drengene.

Nicklas gjorde en gestus mod en køkkenstol for at få hende til at sætte sig.

Han kendte kun Malthe og Lukas fra arrangementer som byfester og udflugter. Derudover var der et par gange han var blevet bedt om at holde indlæg på skolen, som skulle skræmme fremtidige knallertbøller fra at bryde loven. Ellers holdt Linda god afstand mellem arbejde og privatliv.

- De er nogle gode drenge. Men på det seneste er de begyndt at rode sig ud i problemer. Jeg har flere gange måttet give dem husarrest, men Frank synes jeg er for hård ved dem. Han kalder det for drengestreger.

Hun pillede nervøst ved plastikdugen.

- Hvilken type drengestreger snakker vi om?

- Skolen har ringet et par gange og fortalt at de pjækker. Jeg har siddet på skolelederens kontor en del gange efterhånden.

Det var tydeligt at det havde været skamfuldt for hende. Nicklas kendte hendes omsorgsfulde måde at være på, men han vidste også at hun gik meget op i at være ordentlig. Det kunne ikke have været rart for hende at drengene blev kendt for dårlig opførsel.

- Men det er ikke det værste. Jeg har fundet ting på deres værelser som jeg ikke ved hvor de har fra. Jeg er bekymret for om de er begyndt på butikstyveri!

Der var ren fortvivlelse i hendes blik.
- Hvad nu hvis de er kommet i dårligt selskab? Hvad kan det ikke føre det til?

Nicklas rømmede sig. Han kunne godt se problemet, selv om det ikke lød alt for galt endnu. En stor del af hans arbejde bestod i at forebygge kriminalitet i det omfang det kunne lade sig gøre. Det ville nok være et godt tidspunkt at lære tvillingerne lidt bedre at kende.

- Jeg kan tage en snak med dem? Måske tage mig lidt af dem?

Linda så taknemmeligt på ham. Det var tydeligvis det hun var kommet for.

- Vil du? Det ville være sådan en hjælp! Frank er en god mand, men han er ikke så skrap til at opdrage på drengene.

Nicklas så Frank for sig. Byens elektriker var en jovial og hyggelig type, som folk kunne lide. Men han havde svært ved at forestille sig ham svinge piske derhjemme. Det var nok Linda der måtte styre menageriet der også.

- Jeg svinger forbi i morgen over middag. Kan det fungere?

Linda smilede lettet og takkede ham.

Da hun var kørt, satte han sig ved trommerne igen. Denne gang var der ingen forstyrrelser. Han spillede til armene blev trætte og hjernen var renset. Det var nødvendig forberedelse til eftermiddagens reception.

Et par timer senere var de nypudsede italienske sko snøret tæt og slipset strammet. Uniformsjakken sad som støbt og gav ham en aura af retlinet maskulinitet. Han overvejede om et stænk duftevand ville tippe skalaen i den ene eller anden retning, men endte med at vælge det fra. Han ville nødig virke som om han havde prøvet alt for hårdt.

Den blå Mustang spandt hele vejen til nabobyen. Nicklas nænnede ikke at overdøve den med musik, så han havde ro til at forestille sig den kedelige eftermiddag der lå foran ham. I det mindste ville der være gratis drinks og forhåbentlig også lidt kød til. Han var ikke meget for små fancy veganske godbidder, som åbenbart var blevet så populære. I hans øjne var det ikke foder til rigtige mænd.

Der var ikke mange ledige pladser foran den gamle gulmalede murstensklods som rummede amtets største politistation. Efter lidt søgen fandt han dog en. Han rettede på slipset før han steg ud.

Det første der fangede hans blik, var solen der legede med den dybrøde lakering på en Maserati. Humøret steg adskillige grader. Han vidste nu at han ikke ville være den eneste til receptionen med god stil.

Den sagte mumlen fra det højloftede lokale, antydede at de uddelte drinks ikke var begyndt at virke endnu. Nicklas snuppede et højstilket glas med boblende indhold. Han kunne ikke dy sig for at skære en grimasse da han sank det søde stads. Valget af drikkevarer cementerede hans indtryk af golfspilleres maskulinitet.

- Jamen, det er jo selveste Betjent Reuthman! Velkommen til! Jeg ser at du allerede har forsynet dig med et godt glas!

Peter Radbæks stemme skar tydeligt igennem, og med et var alles øjne rettet mod Nicklas.

- Eller du foretrækker måske at blive kaldt Mr. Mustang?

Receptionens hovedperson slog en høj latter op, og folk omkring smilede med.

Nicklas kendte godt sit øgenavn blandt amtets beboer. Han så det som et kompliment. De tre år han havde boet i USA og hans valg af bil, havde skilt ham ud fra mængden. Navnet skulle nok opfattes som et venligt drilleri, og det var sådan han tog imod det.

Han valgte ikke at sige noget, men smilte bare og tog endnu en forsigtig slurk, imens han så sig omkring i lokalet.

Han kendte de fleste af de tilstedeværende. Borgmesteren, journalisten og fotografen, de mange kolleger og deres ægtefæller. Alle var klædt i deres bedste søndagstøj, hvilket ville sige mørke uniformer og sorte cocktailkjoler. Ikke mange lysglimt der, ud over de sølvfarvede bakker med farverige pindemadder.

Eneste undtagelse var en rød silkekjole bagerst i lokalet. Den sad som skræddersyet på en høj slank blondine med langt bølget hår. Hende havde han ikke set før. Synet fik ham til at glemme sin modvilje mod sød champagne. Det smagte egentlig ikke så slemt.

- Har jeg fortalt dig om det fantastiske spil jeg præsterede i går?

Peter Radbæks stemme hev ham væk fra det behagelige syn.

- Jeg lover dig, det var klasse! Mit indspil på hul 3 var lige til en tv transmission. Simpelthen flot skud. Der ville have været applaus fra publikum!

I det samme dukkede Sean op med et tomt glas i hånden. Nicklas åndede lettet op. Han vidste at de to havde samme passion for grønt græs og køller. Han benyttede lejligheden til at trække sig lidt væk.

Nicklas var ikke genert. Han var dog heller ikke typen der jagtede bytte til receptioner, men han var nødt til at vide lidt mere om den ny ankommende. Hun osede langt væk af Maserati, så om ikke andet, var han nødt til at vide om bilen var hendes.

Der var vel ikke mere end 25 meter imellem dem, men ruten var belagt med gamle kolleger der lige skulle hilse på. Han hilste til højre og venstre, imens han langsomt banede sig vej. Lige før han nåede målet, bevægede hun sig væk.

Nicklas indså irriteret at hans forsøg var fejlet. Men så stoppede blondinen op og hilste hjerteligt på Winnie. De to kendte tydeligvis hinanden.

Winnie fik øje på ham og vinkede ham ivrigt over. Nu havde han chancen.

- Nicklas, har du mødt amtets nye retsmediciner?

Nicklas sank lidt mundvand og rakte hånden frem mod supermodellen.

- Nicklas Reuthman

- Kendra Magnussen. Dejligt at møde dig!

Hånden var spinkel og fin, men håndtrykket var fast. Han havde ikke lyst til at slippe igen. Lækker hud, hår han havde lyst til at lege med, en stemme med undertoner af honning.

Winnie rømmede sig teatralsk, og han indså at han måtte slippe. Hun sendte ham et sigende blik, som han ignorerede.

- Så, er det dig der kører den italienske skønhed derude?

Kendra smilede.

- Det kunne du gætte? Jeg hører at du også har god
  smag i biler?

En kvinde med det udseende, den hjerne samt en udsøgt
smag i køretøjer - Nicklas kunne mærke en stormende
forelskelse på vej.

- Må jeg hente dig et glas champagne mere?

Kendra sukkede.

- Du tror ikke at de har noget bedre ude bagved?

Nicklas lovede at tjekke. Han kendte cateren fra andre
arrangementer, så der var en mulighed. Forhåbentlig gik
drømmekvinden ikke i opløsning i mellemtiden.

En af tjenerne kom forbi med en bakke med fyldte
champagneglas. Det var ikke en Nicklas genkendte, men
han fik spurgt om der var mulighed for en lidt fyldigere
drink end boblerne. Den unge tjener blinkede indforstået,
og vendte et øjeblik senere tilbage med to rene
champagneglas med en glasklar væske der duftede
umiskendeligt af vodka.

På vej tilbage til Kendra, lagde han mærke til at borgmesteren og et par af de andre gæster havde samme klare fyld uden bobler. Så var de altså ikke de eneste.

Han konstaterede lettet at Kendra stadig stod der hvor han havde efterladt hende. Hun tog med begejstring imod glasset og tog en gedigen slurk. Hendes blodrøde læbestift efterlod blonder på kanten.

- Skal du ikke have noget?

Det gik op for ham at han havde haft for travlt med at fantasere om hvad den læbestift mon smagte af til at drikke sin vodka. Hurtigt bundede han glasset.

- Så, hvad får man tiden til at gå med her i byen? Jeg flyttede hertil i sidste uge, og jeg har ikke fundet en turistbrochure endnu.

- Den ville også højst fylde et visitkort!

Nicklas klukkede lidt ved tanken. Det kunne endda være han havde overdrevet lidt.

- Det kommer nok an på hvem "man" er, og hvilke interesser "man" har?

- Lad os antage at "man" er en ung kvinde med smag for ordentlige drinks, hurtige biler og en helikoptertur for afvekslingens skyld?

- Helikopter??

Kendra oplyste at hun havde certifikat til at flyve sådan en, og at det var en af hendes store passioner i fritiden. Det var så årsagen til at Nicklas havde set hendes Maserati ved købmanden, eftersom der lå en helikopter flyveplads lige bag ved butikken.

- Jamen, så har du selv styr på det med flyvningen, kan jeg høre. Hvad resten angår, så kan jeg varmt anbefale henholdsvis den lokale pub, Jasper og Jyllandsringen.

- Er det steder du tilbyder rundvisning på?

Hvis hun havde bedt om en rundvisning på det lokale spildevandsanlæg, havde han med glæde sagt ja. Det her var endnu bedre.

Han prøvede at skjule sin begejstring bag et skævt smil.

- Jeg kan se et problem.

- Ja? Hvilket?

Kendra snoede en lok af det gyldne vandfald mellem sine lange fingre. Hun havde et drilsk blik i de blå øjne. For et øjeblik var Nicklas ved at tabe tråden, men han genvandt sin stil.

- Jeg kan ikke ringe og invitere dig. Jeg har ikke dit nummer.

Uden at svare, tog Kendra en serviet fra buffeten og fandt sin læbestift frem fra selskabstasken.

- Nu har du.

Kapitel 5

Nicklas forsøgte at lægge en plan for hvordan han kunne få rettet op på Lindas tvillinger. Tankerne blev hele tiden afbrudt af billedet af en rød silkekjole og en serviet.

Det var et stykke tid siden at han havde datet, og han vidste at timing var alt. Hvis han ringede for hurtigt, ville Kendra opfatte ham som desperat. Hvis han ventede for længe, ville hun opfatte ham som uinteresseret. Begge dele var opskrifter på fiasko.

Nå, tilbage til drengene. Hvad skulle han finde på? Han havde ikke megen erfaring med pædagogik. Det havde hele situationen med Jose cementeret. Han kunne godt skælde ud og true knægtene til at makke ret, men han havde et klart indtryk af at virkningen ville blive midlertidig.

Måske skulle han bare starte med at lære dem bedre at kende. Så kunne det være han fandt en naturlig vinkel derefter.

Han svang sin Mustang ind i indkørslen på den stille villavej. Linda lukkede ham ind i den ajax-duftende entre. I stuen sad Frank og læste avis. Radioen spillede Abba på laveste blus, hvilket Nicklas syntes klædte sangene.

Frank nikkede smilende til hilsen. Han så ikke ud som om han havde lyst til at deltage i samtalen. Det var Linda klar over, så hun ledte Nicklas ud i køkkenet, rakte ham et fyldt kaffekrus og rettede på fadet med småkager. Hjemmebagte, naturligvis.

- Drengene er ikke hjemme. De er til fodboldtræning.

Linda kiggede op på køkkenuret.

- De er færdige om en time. Jeg vil spørge dig om du har lyst til at hente dem? Det kunne give dig mulighed for at snakke lidt med dem. De plejer at være i godt humør efter fodbold.

Nicklas nikkede med munden fuld af vaniljekrans.

- Det lyder som en god plan.

Han følte egentlig at det var en lidt kontant start, men på den anden side, så kunne han få en ide om hvordan drengene var, uden at deres mor holdt øje med dem imens.

Linda snakkede videre om sine bekymringer over deres opførsel, og remsede en liste af små tegn op som hun syntes pegede i den gale retning. På intet tidspunkt dukkede Frank op i køkkenet, så Nicklas fik en klar fornemmelse af at hun stod alene med at finde en løsning.

Han lovede at gøre sit bedste. Da han havde tømt koppen, stak han hovedet ind i stuen for at hilse af med Frank. De udvekslede et par standard bemærkninger, og et par minutter senere sad Nicklas atter i sin bil.

Glamsbjergskolen lå i et ganske smukt område. Et stort græsklædt område med løbebane og fodboldmål, var omkranset af høje træer. Selv om det var tidligt på foråret, var der en aura af grønt i toppene.

Nicklas parkerede på vejen ud for den dør drengene ville komme ud af. Han steg ud af bilen, lænede sig afslappet op ad køleren og skruede sin Stetson på plads over det halvlange hår.

Et øjeblik senere blev skoledøren sparket op. Det flød ud med drenge i alle højder og faconer. Ikke overraskende var Lukas og Malthe blandt de første. De standsede overrasket op, da de fik øje på ham. Selv om de ikke havde snakket meget med hinanden, var den blå Mustang et kendt syn i området.

Nicklas krummede en pegefinger og vinkede dem over. De bevægede sig tøvende i den rigtige retning, og han kunne se deres overraskede blik blive afløst af bekymring. Fed bil eller ej, så var han stadig lovhåndhæver.

- Hej drenge. Jeres mor har bedt mig hente jer og snakke lidt med jer.

- Hvorfor?

Lukas så provokerende på ham, men da Nicklas stirrede igen, gik gassen af drengen. Malthe stod og kiggede ned på sine skosnuder.

- Jeg har hørt rygter om at I laver ballade rundt omkring. Sæt jer ind, så tager vi en snak om det.

Uden protester, satte de sig ind på bagsædet. En Mustang er ikke bygget til bagsædegæster, så den trange plads i sig selv havde en effekt. Da Nicklas startede med motorbrølen og hjulspind, var det tydeligt at drengenes frygt for straf balancerede med fryd over køreturen.

Han tænkte ved sig selv, at her var vinklen måske. Hvis de nu så ham som en sej fyr, ud over en lovhåndhæver, så kunne han måske bedre nå dem.

Han tog den lille rundkørsel med for høj fart, så dækkene hvinede. I stedet for at sætte kurs mod deres hjem, fortsatte han ad hovedvejen. Så snart han passerede togskinnerne, drejede han ned ad Langgade. Han satte blink og sirene på og bankede sømmet i bund. Bilen fløj frem på den smalle vej og limede nærmest til asfalten i svingene.

Nicklas satsede på ikke at støde på landbrugsmaskiner i de blinde sving, men et hurtigt blik i spejlet overbeviste ham om at han havde krammet på drengene.

Han ventede med at bremse før de var næsten ud for politistationen. Han brugte et sekund på at få sin egen puls i ro, før han vendte sig om mod de skrækslagne tvillinger.

- Er I sultne? Personligt kunne jeg godt klare en burger!

Malthe så en smule køresyg ud, men Lukas nikkede begejstret. Drengen havde tydeligvis lige fået sit livs køretur. Nicklas lavede en håndbremsevending og kørte i et noget roligere tempo tilbage mod Jasper. Om dagen fungerede pubben som roligt spisested med amerikanske undertoner.

Nicklas førte drengene hen til et vinduesbord med udsigt over landevejen. Han spurgte ikke hvad de ville have, men bestilte bare tre cheeseburgere med fritter og cola, da den unge servitrice, Ida, dukkede op. Han lagde sin

Stetson i vindueskarmen og kørte hånden igennem det viltre røde hår.

- Hvorfor går du egentlig med cowboyhat?

Det var første gang Malthe åbnede munden på den tur.

- Tja, fordi en god ven gav mig en da jeg boede i USA. Nu har jeg vænnet mig til den. Og så holder den håret på plads når det blæser.

Malthe nikkede. Det gav mening.

- Hvorfor flyttede du til USA?

Lukas så nysgerrigt på ham. Nicklas havde ikke behov for at fortælle om en ulykkelig forelskelse, fejlslagne drømme om en racerkarriere eller de penge han havde arvet efter sin far. Han valgte den filtrerede udgave af sin livshistorie.

- Jeg fik lyst til at prøve noget nyt. Der er mange muligheder derovre, så jeg fik prøvet et par ting af.

Ida satte sodavandene foran dem og lovede at komme tilbage med maden snart. Drengene sugede kraftigt af sukkervandet.

- Hvad prøvede du så?

Lukas kunne snildt multitaske.

- Jeg kørte lidt race. En af mine venner er professionel racerkører.

Malthe tabte underkæben. Han var tydeligt duperet.

- Vandt du noget?

Lukas var ikke lige så nem at imponere. Ida kom med burgerne i det samme, så Nicklas slap for at svare. Tvillingerne kastede sig over maden med al den appetit man kunne forvente af drenge i voksealderen. Nicklas tænkte at han hellere måtte vende spørgerunden om.

- Hvorfor pjækker I fra skolen?

Malthe rødmede, men spiste videre uden at svare. Lukas afslørede en halvtygget mundfuld oksekød, da han svarede.

- Fordi skole er noget skod!
Nicklas lod kommentaren og den manglende bordskik passere.

- Hvad laver I så når I pjækker?
- Ikke noget!

- Definer "Ikke noget"?

Det var ikke et emne drengene havde lyst til at uddybe. Nicklas overvejede hvor meget han skulle presse på. Han vidste at Linda ville udspørge ham, men han fornemmede klart at der skulle mere tid til før Lukas og Malthe var klar til at åbne op.

Så snart de havde spist, kørte han dem hjem. Da de holdt foran huset, spurgte han om de havde lyst til at tage med ham på arbejde en dag. De sendte hinanden et spørgende blik, men nikkede så. Nicklas tænkte at så var han nået sit første mål med dem: at blive anset som en sej fyr. Det var en god start.

Han gik ikke med ind, men vinkede bare til Linda. Han vidste at hun ville spørge ham ud næste gang de sås, så det var okay.

Derhjemme ventede vasketøj og rengøring. Det var ikke noget han var fan af, men da han boede alene var der ikke andre til at gøre det. Belønningen ville være et rent hus og en ditto samvittighed, når han rundede aftenen af på pubben.

Sascha stod som sædvanligt bag disken og polerede glas. Der var ikke kommet så mange gæster endnu, men Nicklas vidste at de nok skulle drysse ind i løbet af aftenen. Søndag var det Sascha der indtog scenen, og det plejede at trække folk til fra nær og fjern.

- Er du oplagt til at gøre mig en tjeneste?

Det var svært at sige nej til sin bedste ven, og det kalkulerede Sascha med.

- Hvad tænker du på?

- Frederik har lagt sig syg. Jeg mangler en trommeslager.

Nicklas kunne mærke en hær af sommerfugle stille op til flugt. Det her var hans største drøm og hans værste mareridt. Han kendte alle Saschas sange ud og ind, og de to havde jammet med hendes musikervenner masser af gange. Ingen problemer der. Men var Flemløse og omegn klar til at se ham i det lys?

Sascha lagde hovedet på skrå og mønstrede al sin charme.

- Please? Ellers bliver jeg nødt til at aflyse.

Det var et unfair argument. Han slugte resten af sin øl sammen med sin stolthed og nikkede ja. Hun gav ham hurtigt en sætliste og et frisktappet krus. Han tog begge dele med over i en af båsene bagved, så han kunne skjule sin nervøsitet og læse på sine lektier.

Der kom en jævn strøm af stamgæster og et par nye ansigter udefra. Ikke godt for Nicklas' nervesystem, men han mandede sig op og tørrede de svedige hænder diskret ned ad bukserne.

Så var det tid, kunne han se på Sascha. Hun overlod cocktails og øltapning til en ansat og rettede på læbestiften i spejlet bag baren. Nicklas rejste sig og fulgte efter hende.

Det føltes både velkendt og fremmed på samme tid at sætte sig bag trommerne. Pubbens sæt var ikke helt så stort som hans eget, men det fungerede fint når det var i Frederiks hænder. Nicklas tog fat om trommestikkerne og rullede dem lidt imellem hænderne.

Guitaristen Stig lagde om søndagen regnskaberne til side for at spille med Sascha. Han stod og stemte sit instrument, imens de andre fandt på plads. Annette holdt fri fra købmandsbutikken for at lægge en solid bund med sin bas. Anton vaskede solfilm og folie af hænderne for at kæle med sit keyboard. Alle velkendte ansigter i byen. Nicklas blev dog lidt overrasket over at se Winnie stille op som korsanger. Han var åbenbart ikke den eneste debutant i aften.

Spotlyset blændede ham heldigvis, så han kunne lade som om han bare sad derhjemme. Sascha bød folk velkommen og gjorde tegn til at Nicklas skulle tælle for til første nummer. Han løftede stikkerne i vejret og slog takten an for de andre.

Saschas stemme ramte ham altid lige i hjertet, uanset om hun sang jazz eller rock. Aftenens sætliste spændte over flere genrer, og Nicklas følte sig som en del af en lille tæt familie der på scenen. Måske var det ikke sidste gang han skulle sige ja til at spille.

Kapitel 6

Linda hilste kortfattet, da Nicklas trådte ind ad døren. Han studsede over hendes reaktion, for han havde ærligt talt ventet at være lidt mere populær, efter at have taget sig af tvillingerne. Men han kendte hende godt nok til at vide at forklaringen ville komme.

Knud så ud til at more sig over et eller andet.

- Har det været en rolig nat?

- Ja, der er ikke meget at rapportere om. Så jeg har haft god tid til at læse dagens avis.

Der var det igen, det der undertrykte smil. Nicklas følte at han var emnet for Knuds private joke, men han havde ingen anelse om hvad det drejede sig om.

Forklaringen kom, da han havde hængt sin jakke og hat på knagen og sat sig ved skrivebordet. Der lå avisen med hele forsiden dækket af et fint billede af ham ved trommesættet. Overskriften lød "Lokal politimand slår sig løs". Aha. Så var det opklaret.

Knud tog jakken i hånden og knipsede med fingrene for at kalde Kingo til sig.

- Sig til, hvis vi skal kontakte politichefen for at finde en afløser. Vi må jo formode at din anden karriere tager fart nu!

Det var godt at Knud morede sig. Han var ellers en ret alvorlig mand. Nicklas vidste at uanset hvad han svarede, ville det blive opfattet som en dårlig undskyldning, så han hævede bare den ene mundvig og en tommelfinger.

Så snart Knud havde lukket døren bag sig, kom Linda hen til hans bord.

- Jeg hører at du kørte ræs med drengene i går!

Okay, så det var der skoen trykkede,

- Jeg lover at de var i fuld sikkerhed hele vejen. Jeg passede godt på dem.

Nicklas vidste at man aldrig skulle undervurdere mødre. De havde det med at have ører og følehorn alle vegne, og man slap ikke godt fra at bringe deres afkom i fare.

- Jeg troede vi havde aftalt at du skulle snakke med dem – ikke lære dem nye måder at bryde loven på!

- Jeg fik faktisk snakket med dem. Men jeg tror ikke jeg kan fixe noget ved en enkelt samtale. Jeg forsøgte bare at bryde isen.

Lindas mund var stadig strammet op.

- Det forstår jeg. Men jeg ville værdsætte hvis du kunne gøre det uden at de morer sig så meget! Det var meningen de skulle opfatte det som en straf og ikke en udflugt!

Nicklas nikkede ydmygt og lovede at være mere streng næste gang. Han blev reddet af telefonen, og Linda gik ud på sin plads for at tage den.

- Det er en tyveri anmeldelse. Jeg stiller samtalen igennem til dig!

Telefonen på Nicklas' bord begyndte at brumme. Det var et opkald fra en beboer i området som havde haft indbrud om natten. En del materiel skade og en liste over stjålne ting. Nicklas noterede og lovede at kigge forbi. Imens han rundede samtalen af, ringede telefonen på Lindas bord igen.

- Endnu et indbrud! Jeg stiller om til dig!

Nicklas tog den nye samtale. Denne gang var det hans nabo, landmanden Lasse. Tyve havde brækket ladeporten op og stjålet noget værktøj og et par andre ting. Igen lovede Nicklas at kigge forbi og optage rapport.

Endnu et opkald ventede. Denne gang fra Annette. Butikken havde fået smadret et vindue på lageret og der var stjålet sprut og cigaretter. Det var alligevel utroligt! Nogen havde haft travlt i weekenden!

Var det mon Joses såkaldte venner der var på spil? Det var i hvert fald et interessant sammenfald. Han bad Linda finde den adresse frem som Jose havde opgivet. Når han alligevel skulle ud at køre, ville han svinge forbi og se om hun havde noget at tilføje.

Jose havde oplyst at huset var en arv fra hendes tante, og at hun boede der alene. Nicklas kørte ind i indkørslen til den grå toetagers villa. Ukrudt havde fuldstændigt overtaget grunden. Den lille trappe op til hoveddøren manglede et trin. Vinduerne var sat til med spindelvæv, både indvendig og udvendig.

Der var ingen tegn på at huset var beboet. Alligevel gik Nicklas et par runder og kiggede ind ad vinduerne. Der var ingen møbler overhovedet. Kun et halvt opbrækket gulv i køkkenet og nogle byggematerialer smidt i stuen. Så Jose havde altså også løjet om det.

Han besluttede at kontakte en af dem som altid havde øjnene med sig – Peter Radbæk. Nok var han blevet pensioneret, men han havde stadig gode kontakter rundt omkring. Måske havde han en ide til hvor han kunne finde Jose.

- Hej Peter. Tak for sidst! Det var en vellykket reception! Nyder du pensionisttilværelsen?

- Jamen, hej hej, Nicklas. Selv tak. Om jeg gør! Lige nu sidder jeg stadig med min morgenkaffe, iført slåbrok og al den herlighed Gud har skabt mig med. Det er så fantastisk. Du kan roligt glæde dig til det bliver din tur!

- Det vil jeg gøre. Men inden da, så vil jeg lige trække på din viden. Dit distrikt har flere steder hvor unge hænger ud, ikke?

- Ja, nu er det jo ikke mit distrikt mere, Nicklas, men det ved du jo. Jo jo, der er da et par adresser hvor jeg som regel kunne finde dem i flok. Er det stadig din lille veninde der spøger?

Nicklas fortalte om weekendens udvikling, og at en anden af deres kolleger havde oplevet noget tilsvarende.

Peter gav ham adresserne, og Nicklas satte sig tilbage i bilen for at tjekke dem.

Det var nok det forkerte tidspunkt på dagen, for der var tomt alle stederne. Men det var tydeligt at se at der boede folk der. Han kunne se madrasser på gulvene i et par af bygningerne, og der var dækspor efter både knallerter og biler, så der var altså liv der på andre tidspunkter. Han besluttede at vende tilbage senere. Først måtte han ud og bese indbrudsstederne.

Han havde lige at sig ind i bilen igen, da Sascha ringede.

- Du tror det er løgn, men der er nogen der har sprøjtet rød maling over hele graffiti væggen!!

Nicklas behøvede ikke nogen nærmere forklaring. Både han og Sascha havde et svagt punkt for street art og graffiti. En vodka-våd aften for længe siden, besluttede de to at dekorere den mur der omkransede terrassen på hendes pub. Når folk derefter kommenterede det, sørgede de for at lyde tilpas forargede over "vandalismen", så kunsterne bag ikke blev afsløret. Nu var væggen blevet ødelagt. Han lovede at stoppe forbi efter sin runde.

Notesblokken var fuld og maven tom, da han nåede frem til pubben. Imens Ida lavede ham en burger, tog Sascha ham med ud til den ødelagte væg. Det var et ærgerligt syn. Bogstaverne slyngede sig elegant i neonfarver hele muren over. Men nu var der sprøjt af rød maling i et usammenhængende mønster hen over.

- Tror du vi kan reparere det?

Nicklas trak på skulderen.

- Jeg ved det ærligt talt ikke. Men jeg har tænkt mig at forsøge!

Tilbage på stationen, kunne han konstatere at Linda var tøet lidt op. Hun hentede endda et krus kaffe til ham, uden at han behøvede spørge.

- Har der været flere anmeldelser?

- Nej, telefonerne har været stille.

Nicklas satte hende ind i det mislykkede forsøg på at opspore Jose, og bad hende lave en anmærkning om at adressen var falsk.

Han tog en slurk af den dampende Arabica og fandt et marcipanbrød frem fra den bagerste del af skuffen. Når han nu alligevel holdt kaffepause, så kunne han jo lige så godt ringe til Kendra. Der måtte vel være gået tilpas lang tid nu?

Tre ring og så fløej der honning ud i telefonrøret.

- Retsmedicinsk afdeling – det er Kendra Magnussen.

- Sumpens Sherifkontor – Nicklas Reuthman her.

- Hey! Jeg havde næsten opgivet dig.

Det blev sagt med smil i stemmen. Nicklas forestillede sig hende i grimt grønt tøj og med gummihandsker på. Det lykkedes ikke. Stemmen passede bedre til rød silke og ditto negle.

- Beklager forsinkelsen. Jeg skulle lige samle mod til et afslag, før jeg inviterer dig ud at spise på Gammel Avernæs i morgen.

- Hvorfor dog det?

- Fordi det er et ret lækkert sted med fantastisk udsigt og et økologisk menukort. Du virker som en der vil sætte pris på det?

- Det lyder dejligt. Men hvorfor skulle jeg give dig et afslag?

Nicklas' hjerte dansede Polka. Han fik aftalt at hente Kendra i rigelig tid til at de kunne nyde Marguerit-ruten til den gamle herregård.

Det var sjældent at han udfyldte tyverirapporter med et smil på læben. Det gik først op for ham, da Linda så spørgende på ham. Han skyndte sig at lægge ansigtet i de rette politifolder igen for at undgå spørgsmål.

Han rakte hende stablen af papirer, så hun kunne skrive dem ind på computeren. Amtet brugte både digital og papirform af alle rapporter, belært af begivenheder som brand på en gammel politistation eller hackerforsøg. Det var ment som en ekstra sikkerhed, men i virkeligheden betød det bare at en masse ekstraarbejde og en gylden mulighed for både computersvindlere og pyromaner. Heldigvis var det ikke hans ansvar.

Linda tog imod stablen uden sure miner. Det ville formodentlig være okay at bringe hendes sønner på banen igen.

- Tror du dine drenge er stødt på Jose eller hendes venner?

Linda så tænksom ud.

- De har ikke nævnt noget om det. Men det har jo også vist sig at jeg ikke kender deres omgangskreds særlig godt!

Der var det stramme ansigtsudtryk igen.

- Okay. Har du noget imod at jeg spørger dem?

Hun trak på skuldrene. Han tog det som en tilladelse. Ikke at han behøvede sådan en, men han foretrak så klart venlige og effektive Linda, frem for den vrede og uforsonlige udgave han havde fået et glimt af.

- Er de hjemme nu?

- Det håber jeg sandelig!

Nicklas bad om deres telefonnumre. Der ville nok være størst chance for at han kunne få nogle oplysninger ud af Malthe, der virkede noget blødere end Lukas.

- Hej?

- Nicklas Reuthman her. Jeg har et spørgsmål til jer begge. Kan du sætte telefonen på medhør?

Der blev skramlet lidt med telefonen.

- Ja?

- Jeg vil høre om I er stødt på nye venner for nyligt? En pige der hedder Jose og en blandet flok som hun hænger ud med?

Der var et øjebliks tavshed. Nicklas udfyldte den ved at beskrive Jose for drengene, men det lød ikke som om de kendte hende. Det gik op for ham at aldersforskel betyder meget for teenagere, og at tvillingerne nok var for unge til at færdes i de samme kredse som Joses venner.

Der var ingen hjælp at hente der. Han måtte køre lidt mere rundt i området for at lede, men det kunne vente til i morgen. Det nærmede sig fyraften. Han skulle bare lige bestille bord på Gammel Avernæs, inden han kunne holde fri.

Kapitel 7

Nicklas ringede til kontoret, for at informere Linda om at han ville bruge formiddagen på at køre rundt og lede efter Jose. Han kørte rundt til alle busstoppesteder i landsbyerne, for at se om han skulle finde hende der. Intet held.

En times tid senere holdt han foran busgaragen. Der var en lind strøm af busser der vendte tilbage, efter at morgenens travlhed var overstået. Her ude på landet bestod en stor del af trafikken i at transportere skoleelever. Glamsbjerg var en uddannelsesby, så der var nok elever at køre rundt med.

En af buschaufførerne var ved at stige ud, og Nicklas gik hen for at snakke med hende.

- Hej. Så er morgenens myldretid overstået?

Hun så overrasket på ham.

- Ja, jeg har lidt pause nu, før det går løs igen. Kan jeg hjælpe med noget?

Nicklas fandt sin telefon frem og viste hende et foto af Jose.

- Har du tilfældigvis kørt rundt med hende her for nylig?

Kvinden tog telefonen og kiggede grundigt på billedet.

- Det tror jeg faktisk. Jeg mener at hun var med i morges. Hun gjorde ikke meget væsen af sig – satte sig bare nede bagerst i bussen. Men jeg tror det var hende.

- Du kan ikke tilfældigvis huske hvor hun stod på og af?

Hun kneb øjnene sammen og stirrede ud i det blå, imens hun rodede sin hjerne igennem.

- Jeg mener hun stod på nede ved gymnasiet. Der er altid mange der venter ved stoppestedet der. Jeg lagde desværre ikke mærke til hvor hun stod af.

- Var hun alene?

- Ja, det tror jeg. Det var faktisk derfor jeg lagde mærke til hende. De fleste der kører med denne rute, kender hinanden og sidder og snakker det meste af tiden. Men hun sad for sig selv.

Nicklas fik sin telefon tilbage. Han takkede for chauffførens hjælpsomhed.

Hvis Jose var stået på ved gymnasiet, måtte hun opholde sig et sted i Glamsbjerg. Der var langt til alting derfra, så hun var sandsynligvis kommet inden for gåafstand fra stoppestedet. Måske skulle han komme tilbage dertil sidst på eftermiddagen, for at se om hun skulle være med bussen der.

Det var en stille dag på kontoret. Ikke så meget presserende at lave, så der var rigelig tid til at glæde sig til aftensmaden. Vejret var køligt men klart, så måske skulle han invitere Kendra på en gåtur i parken ved Gammel Avernæs? Der var perfekt udsigt til vandet og en masse små hyggekroge med græs og blomster. Der var endda små drivhuse med krydderurter og bænke, hvis blæsten blev for kold.

Skulle han ringe og bede hende tage fornuftige sko på? Han så for sig de perfekte ankler svunget i en smuk bue og placeret i skyhøje hæle. Det ville være synd at bede hende komme i løbesko. Så ville han hellere undvære gåturen.

Han rystede de behagelige tanker af sig, fandt et termokrus frem og fyldte det med kaffe.

- Jeg runder lige af med at tjekke busstoppestedet igen.

Linda nikkede og ønskede ham held og lykke. Hun havde stadig noget kontorarbejde, før hun kunne holde fri.

Nicklas parkerede sin Mustang i den lille indkørsel ved siden af gymnasiet, på trods af at der var indkørsel forbudt. Derfra havde han et godt udsyn over stoppestedet i begge retninger. Trafikken var som altid tæt. De fleste biler tilhørte sikkert stressede forældre der skulle handle ind efter arbejde, før de skulle hente unger i skoler og børnehaver. Han misundte dem ikke.

Få minutter senere kom den bus han ventede på. Dørene gik op og en flok højrøstede teenagere stod af. De fleste af dem havde kurs direkte mod butikkerne, uden tvivl for at tanke op med energidrik og chips. Jose var ikke iblandt dem.

Altså endnu en fuser. Pigebarnet var som sunket i jorden. Han måtte lede videre i morgen. Lige nu skulle han hjem og gøre klar til at hente Kendra.

Adressen var Dolevej. Ikke det mest imponerende vejnavn, men huset var fint. En stor hvidmalet vinkelbygning i to etager og en masse mindre udbygninger. Maserati'en stod i skygge under en af de imponerende altaner. Der måtte da være plads nok der til en enkelt person.

Da han slukkede motoren, kunne han høre en høj gøen. Det overraskede ham at Kendra havde hund. Det var svært at forestille sig røde silkekjoler med hundehår på.

Bag indhegningen, kiggede den brune Mastiff årvågent på ham. Den var holdt op med at gø, og nu så det ud som om den vurderede om han var værd at sætte tænderne i eller ej. Nicklas var i tvivl om hvordan kan skulle passere den og banke på, men inden han fik lagt en plan, gik hoveddøren op.

- Angel! Flyt dig og lad ham komme forbi!

Kendra havde lagt honningen til side. Hun lød mere som en sergent denne gang, og det virkede. Hunden trak sig tilbage.

- Angel? Interessant navn.

- Jeg har ikke valgt det. Jeg fik ham fra et internat. Tror navnet stammer fra en gammel tv serie. Og hej, i øvrigt!

Honningen var tilbage. Der var ingen rød silkekjole, men i stedet velskabte jeans og hvid sweater med en distraherende udskæring. Og stiletter.

Duften af jasmin fyldte bilen, da de satte sig ind. Nicklas tog en dyb indånding. Han havde valgt en playliste med Michael Buble og Nora Jones i håbet om at skabe en romantisk stemning. Man kunne lige så godt satse højt.

Kendra kendte ikke Gammel Avernæs, men det var tydeligt at hun nød synet af den gamle herregård og de smukke omgivelser. I tankerne gav Nicklas sig selv en håndfuld point for valget. Han parkerede tæt på bygningerne og åbnede galant bildøren for hende.

- Har du lyst til en lille gåtur inden vi spiser?

Kendra kiggede ned på sine højhælede sko. Nicklas læste hendes tanker.

- De har ekstra god service her. De udlåner mere praktisk fodtøj i receptionen.

Han lånte hende en arm, så hun kunne komme uskadt over brostenene. I receptionen stod en række mørkegrønne gummistøvler i forskellige størrelser, og Kendra fandt et par der passede. Det fik hende ikke til at se mindre cool ud.

De gik gennem haven og ned til vandet, hvor de indtog to af de behagelige stole. I et af drivhusene stod der kurve med tæpper, og Nicklas lagde et af dem om Kendras skuldre. Godt nok var det forår og solskin, men aftenerne var stadig kølige.

- Går det godt på arbejde?

- Det gør det. Lige nu arbejder jeg med DNA prøver til en faderskabssag. En ret rodet omgang med en ung mor og en række mulige fædre, deriblandt en kendt direktør fra området.

- Hm. Det lyder som en sag med konsekvenser.

- Det handler selvsagt om penge. Hvis det viser sig at være direktøren der vinder i lotteriet, så bliver der nok også løn til skilsmisseadvokater og ejendomsmæglere. Hvad med dig? Har du gang i noget interessant?

Nicklas satte hende ind i sagen omkring Jose, hendes venner og en række indbrud. Han synes selv det lød som en tam historie når han sagde det højt, men Kendra lyttede interesseret. I det hele taget var hun nem at snakke med. Det konstaterede han også under middagen i den hyggelige restaurant.

Betjeningen var udsøgt og menuen godt sammensat. Lokale råvarer behandlet nænsomt og serveret med dygtighed. Ikke det dårligste sted til en date.

Nicklas nød at se Kendra spise med god appetit. Det var ingen fornøjelse selv at dykke ned i en blodrød bøf, hvis den man spiste med kun pirkede gaflen rundt i en salat. Sådan var det heldigvis ikke her. De fik begge sat kød, tilbehør og dessert til livs, skyllet ned med sprød vin og lidt likør.

Da de holdt foran hendes hus, kværnede et meget vigtigt spørgsmål rundt i hans hjerne. Skulle han kysse hende eller ej? Det var i den grad fristende. Men ville det være for tidligt? De havde jo kun lige mødt hinanden. Han blev enig med sig selv om at lade være. Det her så for lovende ud til at han ville risikere at ødelægge det.

- Tak for en dejlig aften. God mad og godt selskab! Jeg håber vi ses snart igen!

Inden Nicklas nåede at svare, var hun steget ud af bilen og på vej hen til hoveddøren. Men han var helt enig. Hvis det stod til ham, ville der ikke gå ret lang tid før næste date. Nu havde han oven i købet hendes tilladelse.

De sidste få kilometer hjem, gennemgik han i tankerne aftenens forløb. Alt var gået over forventning. Det her var starten på noget godt, det var han ikke i tvivl om.

Han parkerede sin Mustang på gårdspladsen mellem længerne. Bilnøglen smed han på det lille bord i entreen, og efter at have hentet en øl, sank han ned foran tv'et. Han var i den grad ikke klar til at sove lige nu.

Han var godt i gang med at zappe mellem genudsendelsen af en gammel Clint Eastwood film og de seneste nyheder, da der blev banket på døren. Underligt tidspunkt at komme på besøg, tænkte han, på vej ud for at åbne.

Jose ville være hans sidste gæt på hvem det kunne være. Men der stod hun, med de samme slidte jeans og et blik fuld af frygt.

- Undskyld… jeg ved det er sent, men jeg er nødt til at bede dig om hjælp!

Nicklas åbnede døren og lod hende komme ind.

- Jeg har ledt efter dig i de sidste par dage! Du opgav en falsk adresse!

Hans dejlige aften var lige blevet ødelagt, og nu kom den velkendte irritation op til overfladen.

- Undskyld. Jeg havde ikke noget valg.

To gange "undskyld" inden for et minut – det var nyt. Han blev en smule formildet. I aften havde Jose åbenbart lagt attituden væk, og det gjorde tingene let lettere.

- Du startede med at bede mig om hjælp. Giv mig hele historien fra begyndelsen, tak.

Han pegede på sofaen og fik hende til at sætte sig. Hun greb en sofapude og knugede den hårdt, uden selv at være klar over det.

- De er efter mig. De tror jeg har sladret om dem. De har kontakter alle vegne, og jeg ved ikke hvordan jeg skal undgå dem!

- Jeg går ud fra at vi snakker om dine såkaldte venner?

Jose nikkede. Hun var tydeligt skræmt.

- Hvor har du så opholdt dig, når du tydeligvis ikke har været på den adresse du gav mig?

- Det eneste sted jeg kunne være i sikkerhed...

- Og det er?

Jose så op på ham med et bedende blik.

- Du må ikke blive sur nu, please?

Hvorfor skulle han blive sur? Hvad mente hun? Han slog ud med armene i en italiensk gestus.

- Jeg har overnattet i en campingvogn...

- Ja? Nede på campingpladsen?

Jose rystede på hovedet og så ned i gulvet. Hendes hænder pillede nervøst ved puden.

- Her.

Hun nærmest hviskede det. Men ordene ramte alligevel præcist. Nicklas kunne mærke vreden stige op og blive til farve i kinderne. Han trådte et par skridt nærmere, og Jose dukkede sig i en refleks der antydede at hun havde prøvet at føle sig truet før.

- Mener du, i en af MINE campingvogne??

Det nedlagte landbrug han havde boet i siden han kom tilbage til landet, havde to store længer. I den ene havde han flere ældre campingvogne stående. Han havde arvet både dem og gården efter sin far, og han havde aldrig rigtigt besluttet sig for hvad han ville med dem. Indtil videre var de der bare.

- Vis mig hvor!

Jose lagde puden og gik foran ham ud på gårdspladsen og hen til længen. Hun vippede rutineret slåen fra og åbnede porten. I et hjørne inde bagved, stod en gammel Adria med rød stribe. Jose pegede på den og blev stående lidt derfra.

Nicklas flåede døren op. Der lugtede af stillestående luft og mug, men også af deodorant. Tæpperne fra den udslåede seng så krøllede og brugte ud. På bordet lå en halvtom pose chips ved siden af en flaske cola.

- Hvordan vidste du at jeg har campingvogne stående her?

- Jeg hørte Knud snakke om det i telefonen. Der var vist en der var interesseret i at købe en brugt vogn, og så foreslog han at vedkommende skulle spørge dig. Det var også sådan jeg fik adressen.

Nicklas kørte opgivende en hånd igennem håret. De vogne var ikke til salg, og selv om de havde været, havde han ikke brug for at Knud legede sælger. Det måtte han tage op med ham ved første lejlighed.

- Hvorfor afslører du dig selv nu?

- Fordi mine venner opdagede at jeg var her. De kom forbi imens du var væk.

Jose så ud som om der var mere hun ville sige, og at hun frygtede reaktionen. Hun holdt blikket i gulvhøjde.

- Ja? Hvad mere??

- Da de så alle campingvognene, brød de en af dem op og lagde nogen ting derind. De ting de har stjålet.

Nicklas´ hånd begyndte at tromme faretruende på campingvognens side. Et eller andet sted skulle frustrationen ud.

- Hvor?

Jose førte ham hen til en ældre Sprite. Dørlåsen havde tydelige mærker efter en skruetrækker. Indenfor stod der stabler af kasser med spiritus og cigaretter. På gulvet var der smidt en sportskasse. Han lynede den op. Smykker, mobiltelefoner og et par iPads lå hulter til bulter, filtret ind i lade kabler. Så nu var tyverierne altså opklaret.

Ikke i sin vildeste fantasi, havde han forestillet sig at finde tingene hjemme ved sig selv. Men set fra tyvenes side, var det jo genialt. Det her var det eneste sted han ikke ville have ledt.

Han advarede Jose om hvad han ville gøre hvis hun stak af. Derefter låste han ladeporten udefra. Han skulle nok tage sig af alt det her, men det krævede en nats søvn først.

Kapitel 8

Nicklas var den første kunde i XL Byg næste morgen. Han fandt et par overvågningskameraer med mulighed for opkobling til telefon. Næste gang Joses venner kom forbi, ville han være forberedt.

Imens han monterede kameraerne i strategiske vinkler på gårdspladsen, buldrede Jose på ladeporten. Han lukkede hende ud og beordrede hende til at hjælpe med at tømme lageret med tyvekoster. Derefter bad han hende sætte sig ind i bilen. Hun skulle med på stationen, så snart han var færdig.

Linda så op med et venligt smil, da han droppede Jose af på stationen. Han satte hende kort ind i udviklingen og forklarede at han skulle på en runde for at aflevere de stjålne sager.

- Hej Jose. Kan jeg byde på et rundstykke?

Linda havde ofte morgenbrød med, når hun mødte på arbejde. Det var sjældent at Nicklas spiste noget før midt på formiddagen, men Knud spiste med glæde et par rundstykker, inden han tog hjem.

- Jeg er først tilbage ved middagstid. Se om du kan
holde styr på gæsten indtil da.

Han vendte sig om mod Jose.

- Og så har jeg et job til dig i eftermiddag!

Der var ikke så meget modspil fra Jose. Hun var
tydeligvis stadig beklemt over hans reaktion fra aftenen
før. Det passede ham fint. Vreden sad stadig i ham, parret
med en følelse af flovhed. Han kunne levende forestille sig
hvor meget han ville blive til grin, når det nåede
kollegernes ører, hvor lidt respekt forbryderne havde for
ham.

Et par timer senere var han tilbage på stationen. Linda
havde sat Jose i gang med at vande planter og tømme
papirkurve. Det var en god strategi, for det var tydeligt at
se på hende at det ikke var noget hun nød. Linda havde
taget venligt imod gæsten, men hun forventede også
noget til gengæld.

- Er du klar til afgang?

Jose satte vandkanden på plads og så spørgende på ham.

- Hvor skal vi hen?

- Det finder du ud af!

Han parkerede bilen tæt ved pubbens indgang og gjorde tegn til Jose om at gå med ind.

Sascha skubbede regnskaberne til side og nikkede til dem.

- Så du er begyndt at levere nye kunder?

- Ja. Men hende her er der lidt arbejdskraft i. Hvis du laver os hver en burger, så går vi ud og renser muren bagefter.

- Nice!

Sascha gik ud i køkkenet for at lave maden. Jose så spørgende på ham.

- Hvad er det for en mur?

Nicklas forklarede hende kort om graffitimuren og det hærværk der var lavet.

- Er det ikke nemmere bare at male det hele over? Det er jo ulovligt at lave graffiti?

Nicklas havde lidt besvær med at komme på en god grund, så han sendte hende bare et hvast blik. Det virkede. De spiste burgerne Sascha satte foran dem uden mere snak.

Solen skinnede på muren og fik det røde hærværk til at ligne blodspor. Et langt grimt ar der brød rytmen i de buede bogstaver og symboler. Jose kom med et udbrud der mindede om en lastbil der ventilerede bremser.

- Ejj, hvor er fedt! Hvem har dog ødelagt det?

- Det ved jeg ikke, men jeg ved hvem der kommer til at rense det!

Han rakte hende nogle klude og noget rensebenzin, og instruerede hende i udelukkende at fjerne den nye dekoration.

Sascha bød på kaffe imens de ventede.

- Har du stadig noget spraymaling?

Nicklas nærmest hviskede. Deres lille hemmelighed skulle helst ikke ud.

- Jeg tror det. Jeg tjekker på lageret om lidt. Tror du vi kan reparere det?

- Ja. Hvis Jose gør et ordentlig stykke arbejde, så burde det være muligt. Jeg kan kigge forbi i morgen inden arbejde?

Sascha nikkede, og så var det aftalt.

Nicklas tjekkede hvor langt Jose var nået. Det gik godt fremad. Der hvor der før havde været et grimt rødt ar, var der nu en nøgen stribe hvor man kunne se den rå mur bag. Den stribe skulle nok kunne fixes.

På køreturen tilbage til politistationen, bemærkede han hvor stille Jose var. Hendes evindelige surmuleri var ligesom dampet af. Hun virkede mere tilgængelig nu, så han tog chancen for at få nogle flere brikker til puslespillet.

- Du ved godt at du er medskyldig i lovovertrædelserne som dine venner begår, hvis ikke du vil hjælpe mig med at stoppe dem, ikke?

Jose nikkede, men sagde ikke noget.

- Så ved du sikkert også at det kan give ubehagelige følger for dig? F.eks. kan det blive svært at få arbejde, hvis der kommer anmærkninger på din straffeattest.

Jose så på ham.

- Men jeg har jo sagt at jeg ikke har lavet indbrud sammen med dem! Så skal jeg vel heller ikke straffes for det de laver?

- Som sagt, er du medskyldig i det de gør, hvis du nægter at hjælpe. Så jo, du kan blive straffet for deres rod!

Jose rystede irriteret på hovedet. Hun syntes tydeligvis at det var urimeligt. Men efter en lille tænkepause, kom hun til fornuft.

- Okay. Jeg giver dig navnene på dem. Men jeg aner ikke hvor de er. Jeg har ikke set dem siden de smed mig ud, bortset fra da de fulgte efter mig hjem til dig.

Nicklas slukkede motoren og steg ud af bilen. Jose fulgte med.

Han bad Linda skrive oplysningerne om Joses venner ind, imens han satte sig bag sit skrivebord. I det mindste havde han nu nogle navne at gå efter. Så måtte han forsøge at koble flere oplysninger på.

Kapitel 9

Solopgangen strålede i næsten de samme farver som de to graffitikunstnere arbejdede med. Sascha havde ledt lageret igennem og fundet spraymalingen, og nu stod hun og Nicklas og udfyldte den tomme bane på muren.

Det var ikke helt så let at reparere som da de lavede det oprindelige værk. Måske skyldtes det mangel på vodka. Men da det var ved at være tid for Nicklas at køre på arbejde, var værket færdigt.

Han trådte et skridt tilbage og betragtede resultatet. Sascha gjorde det samme. Det var ikke helt skidt, blev de enige om.

Linda så overrasket på ham, da han nåede frem. De småsnakkede lidt, men hun blev ved med at stirre på hans kind. Til sidst kunne hun ikke dy sig længere.

- Er det blod du har ved munden?

Nicklas tog sig til ansigtet. Han havde åbenbart fået maling på sig. Det ville ikke blive let at forklare.

- Hm. Måske har jeg skåret mig under barberingen.

Han gik ud på badeværelset og gned malingen af.
Forhåbentlig ville der ikke dukke flere spørgsmål op som
han ikke havde lyst til at svare på.

Formiddagen blev brugt på at søge på de navne Jose
havde opgivet. Han fandt et par af dem i politiets arkiver.
Så de var altså ikke helt novicer. En af dem havde en
længere straffeattest, bestående af smårapserier, et enkelt
biltyveri og nogle slagsmål. Nicklas gættede på at han var
anføreren.

En af de andre havde et efternavn der lød bekendt. Han
prøvede at komme i tanke om hvor han havde hørt navnet
Håkonsen før. Det slog ham at Stig, guitaristen fra Saschas
band, havde haft en kæreste der hed det samme. Det
kunne jo være helt tilfældigt, men det kunne på den anden
side ikke skade at høre ad.

- Det er Stig her!

- Hej Stig, det er Nicklas. Kendte du ikke en Håkonsen
  på et tidspunkt?

- Jo da! Jeg kærestede lidt med Malene en overgang.
  Hun hed Håkonsen.

- Synes det nok. Mødte du nogensinde en fyr ved navn
  Joakim? Sidst i teenageårene på det tidspunkt?

- Ååhh, altså. Ja, det gjorde jeg. Hm. Ja, det er sådan set en længere historie. Forstår du, Malenes forældre blev skilt og faren giftede sig igen. Og så fik han et kuld mere. En af dem hed Joakim.

- Du ved ikke tilfældigvis hvor man kan møde ham?

- Ikke lige på stående fod. Jeg havde ikke så meget med ham at gøre, Han var jo ikke så gammel dengang. Meeeen, jeg havde mine anelser, for ærligt talt, så var han lidt af en skidt knægt.

Nicklas behøvede ikke at bede om flere detaljer, for Stig kunne godt lide at gå i dybden med sine forklaringer. Et kvarters tid senere havde han historien om en utilpasset ung fyr der startede med at hænge ud med dårlige venner, og som derefter avancerede til selv at blive en af dem man ville advare sine børn imod.

Han bestemte sig for at køre lidt rundt i området efter frokost. Han manglede stadig at tjekke et par af de steder Peter Radbæk havde foreslået. Måske ville der være bid.

Han havde kun lige startet motoren, da hans telefon ringede. Han tog den med hjertet i galop.

- Det er Kendra. Forstyrrer jeg?

Som om! sang en stemme i Nicklas' hoved. Han lagde stemmen i maskuline folder før han svarede.

- Nej, det er okay. Jeg er ude at køre.

- Kan jeg friste med en opera i aften?

Nicklas sank. Det var nok ikke nu han skulle være ærlig.

Kendra ventede ikke på svar.

- Jeg har været så usandsynlig heldig at få to billetter til i aften. Der er ellers helt udsolgt til denne udgave af La Boheme.

Nicklas erindrede svagt en tekst med ordene "Så kold den lille hånd er, lad mig varme den i min". Romantisk pladder var ikke lige hans stil. Men det var Kendra.

- Det lyder fantastisk! Selvfølgelig vil jeg det!

- Super! Henter du mig kl. 18? Det foregår på Tobaksgården. Så kan vi nå en drink først?

Kendra, drinks, Tobaksgården, Kendra...... Det lød som en kombo han kunne nyde. Musikken måtte han leve med.

Han kørte rundt i nabolaget efter samtalen. Men der var ikke bid. Det tætteste han kom, var en flok knallertkørere der spredtes som konfetti nytårsaften da han nærmede sig. Et øjeblik overvejede han om han skulle sætte efter nogen af dem, men han blev enig med sig selv om at det ville være nytteløs. Desuden virkede de lidt for unge til at hænge ud med dem han ledte efter.

Efter fyraften, droppede han kort forbi Stationsgrillen for en hurtig bid. Ejeren hilste ham med al den varme man viser gode kunder.

- Det sædvanlige?

Nicklas nikkede.

Et øjeblik senere stod han med en dampende varm bøfsandwich, generøst pyntet med tyk brun sauce. Ikke det værste.

Tilbage på gården, nåede han lige at skifte tøj og børste tænder før han skulle køre igen. Rene jeans, den bedste sweater, nypudsede støvler og et stænk Cool Water – så var han klar.

Angel meldte hans ankomst, klart og tydeligt, det øjeblik han nåede ind i indkørslen. Han nåede ikke at stå ud af bilen, før Kendra kom ud. Blonde bølger, hvide bukser og tilsvarende skræddersyet blazer, havblå silketop og høje hæle. Måske skulle han have overvejet sin påklædning lidt nøjere, men han var ikke garvet operagænger.

Kendra lod sig ikke mærke med noget. Hun satte sig ind i en glidende bevægelse, lænede sig over mod ham og gav ham et let kys på kinden. Hans sanser druknede i duften af jasmin og lavendel.

- Skal vi køre?

Hendes smil afslørede at hun godt vidste hvilken virkning hun havde på ham. Det ærgrede ham lidt at han var så let at læse, men - helt ærligt – hvem ville kunne modstå?

Han satte hurtigt bilen i gear og accelererede ud af indkørslen.

Nicklas var stamgæst på Tobaksgården. Det var her han var, når han ikke var på Jasper, eller når han forkælede Sascha med en friaften. Atmosfæren her indbød til afslapning og hygge. Stedet var dekoreret med minder fra alle de fantastiske koncerter der var afholdt i årenes løb. Menukortet var småt men godt, og betjeningen var i top.

Det var nu ikke det sædvanlige klientel i aften. Den velkendte rock-vibe var afløst af dyre dufte, ringlende smykker og stylet tøj. Et hurtigt kig omkring, afslørede ingen kendte ansigter, ud over stedets chef, og selv han var usædvanlig velklædt.

I dagens anledning blev der serveret champagne. Den var markant bedre end den han sidst drak sammen med Kendra. Han bundede glasset i håbet om at det ville få ham til at glemme sin lidt for afslappede påklædning.

Kort efter blev der ringet med klokken. Det var tid til at gå over i koncertsalen.

Der var stillet stole op i tæt formation, der hvor der normalt var dansegulv. Kendra førte an og trak ham med ind på to stole midt for scenen. Det var ikke dem han selv ville have valgt. Spillestedet var så småt at det var umuligt ikke at interagere med musikerne. Det var noget han normalt værdsatte, men lige nøjagtig til en opera, kunne det give bagslag.

De to glas champagne han havde nået at drikke, begyndte at sprede harmoni i kroppen. Kendras duft hjalp også. Da lyset blev dæmpet og de første toner lød, var han indstillet på det nok skulle gå alt sammen.

Nicklas var typen der forsøgte at finde det positive i de fleste ting. Hvad operasangere angik, måtte han indrømme at de gav den gas. Der blev sunget igennem hele aftenen.

Det slog ham at de måtte blive tørre i halsen af det syngeri. Han kom i tanke om at han havde en æske halspastiller i lommen. Hans egen hals var ved at blive sympati-tør.

Han rakte æsken hen til Kendra. Det var en fejl, indså han. Både fordi hun havde tårer i øjnene over musikken, og fordi hun ignorerede ham fuldstændigt. Okay, så havde han lært det. Saltlakrids hørte åbenbart ikke til midt i en arie.

Endelig blev lyset tændt. Alle i salen rejste sig og klappede begejstret. Han gjorde det samme, i håbet om at det ville dække over hans fadæse.

Kendra tørrede tårerne væk, imens hun omhyggeligt sørgede for at bevare sin make-up. Hun vendte sig om mod ham og sendte ham et blik der rummede rørelse, romantik og lykke. Hvis ikke folk omkring ham havde skubbet på for at komme ud, havde han kysset hende på stedet. Han nøjedes med galant at byde hende sin arm, så hun ikke behøvede lande endnu.

De var nået ud i bilen, før hun kunne sige noget.

- Var det ikke bare fantastisk?

Nicklas gav hende ret. Hun havde ikke defineret emnet, så han løj ikke.

- Hvad var den bedste del for dig?

Hendes parfume, hendes selskab, spillestedet, champagnen....

- Svært at sige. Det var smukt det hele.

- Ja, ikke?

Kendra sendte ham et strålende smil. Han havde fundet et svar der passede for dem begge. Hun fortsatte resten af køreturen med at gå i detaljer med musikken, og han nøjedes med at nikke og grynte, for ikke at komme til at ødelægge noget.

Angel startede alarmen det sekund de parkerede foran døren. De valgte begge at ignorere hunden.

Nicklas var nødt til at fuldføre sin impuls fra tidligere. Han lænede sig forsigtigt over mod Kendra i håbet om at hun ikke ville stoppe ham. Det gjorde hun ikke. Tæt på duftede hun ikke kun af blomster, men også af varm blød hud. Hendes læber var bløde og imødekommende, og

Nicklas måtte minde sig selv om at det her var et første kys, og ikke en del af et forspil.

Telefonens kimen afbrød dem brutalt. Kendra rettede sig op. Magien fadede. Hun lagde hånden på dørhåndtaget og takkede for en dejlig aften, og så var hun på vej hen mod sin hoveddør.

Nicklas så længselsfuldt efter hende, imens han tog telefonen.

- Jeg har lige set dem! De er samlet nede bag ved Remas parkeringsplads!

Jose lød ophidset. Nicklas kørte ud af indkørslen med hvinende dæk. Han lod sin Mustang trække godt hen ad hovedvejen. Rundkørslerne blev taget i høj fart, og sekunder efter nåede han parkeringspladsen ved dagligvarebutikken.

Det var mørkt. De få gadelamper nåede ikke helt ud i krogene. Alligevel var det tydeligt at der var tomt. Ingen bander på spil. Han var igen kommet for sent.

Han var ved at være godt og grundigt træt af at en flok uregerlige knægte kunne blive ved med at trække ham rundt i manegen.

Kapitel 10

På vej til arbejde, drejede Nicklas forbi Rema. Han ville se området i dagslys. Bestyreren var ved at vande de mange blomster til salg. Han kiggede nysgerrigt, da Nicklas steg ud af bilen. De to mænd nikkede til hinanden.

- Hvad bringer dig her forbi? Indkøb eller arbejde?

- Arbejde i denne omgang. Kender du noget til en flok unge fyre der holdt til her i aftes?

- Jeg så en masse cigaretskod, da jeg mødte for lidt siden. Dem har jeg fjernet. Ellers ikke.

- Du har heller ikke hørt kunder klage over dem? Sådan en flok plejer at larme ret meget.

- Næ. Men jeg skal nok melde tilbage hvis jeg hører noget!

Butikken lå langt fra beboelse. Nærmeste nabo var andre dagligvarebutikker, samt skoler og børnehaver. Det ville ikke blive let at finde vidner.

Linda var ved at lave kaffe, da han nåede frem. Knud stod og smurte rundstykker, inden han skulle hjem. Der havde ikke været noget at rapportere. Ingen af dem havde hørt klager over larmende unge mennesker.

Nicklas klappede Kingo på hovedet, da han gik forbi. Hunden logrede tilfreds, men blev liggende. Han satte sig foran computeren med et dampende krus kaffe. Tastearbejde hørte ikke til hans favoritdiscipliner, men det var nu engang en stor del af hans job.

Dampen var gået af kaffen, da han hørte Lindas diskrete hosten. Han så op fra skærmen. Hun havde tydeligvis noget på hjerte.

- Jeg tænkte på om du har fået lavet en aftale med drengene?

Nå nej. Det havde han glemt. Han havde jo lovet hende at invitere tvillingerne med på stationen.

- Ja. Men vi har ikke fundet noget fast tidspunkt. Har du et forslag?

- Har du meget travlt i eftermiddag? For ellers kunne jeg hente dem fra skole og tage dem med her?

Det var vel ikke noget dårligere tidspunkt end ellers. Han var ikke specielt overbebyrdet med arbejde, kun frustreret over manglende resultater i den ene sag han havde. Det ville måske være fint nok at tænke på noget andet et øjeblik, så han nikkede.

Mobilen gav en uvant lyd fra sig. Nicklas så overrasket på den. Skærmen viste hans gårdsplads, så den uvante lyd kom altså fra overvågningskameraets app. Han fløj op, råbte til Linda at han var nødt til at køre et øjeblik, og kastede sig ud i bilen.

Han nåede hjem på få minutter. Gårdspladsen var tom. Appen var tavs. Ingen fare på færde. Det kunne have været en falsk alarm. Han gik alligevel en runde for at se om der var noget ændret.

Det var der. Et cigaretskod, stadig lunt. Så havde det altså ikke været falsk alarm!

Han åbnede ladeporten uden unødvendigt larm og listede ind. Der gemte sig ikke nogen derinde. Det kunne han konstatere efter at have eftersøgt alle campingvognene.

Tilbage i bilen, åbnede han appen og kiggede optagelsen igennem. Kameraet blev aktiveret af bevægelse, og når det gik i gang, blev der optaget en lille video. For at spare på lagerpladsen, var optagelsen ikke i realtime, men optog ca hvert tredje sekund.

På ingen af billederne kunne man se en person. Men på nogle af dem, var der en skygge der bevægede sig lige nøjagtig uden for kameraets vinkel. Det var helt umuligt at se detaljer der kunne identificere vedkommende. Nicklas slog arrigt i rattet. Hvor længe endnu skulle han finde sig i at blive gjort nar af?

Han blev afbrudt af en sms fra Linda. Hun havde hentet drengene fra skole, og de ventede nu på at han kom tilbage. Han sukkede og startede bilen.

Lukas hang på en stol og kastede utålmodigt en lille bold fra hånd til hånd. Malthe stod og kiggede på opslagstavlen. De så begge forventningsfulde på Nicklas, da han trådte ind ad døren. Han prøvede at ryste vreden af sig før han åbnede munden.

- Hej drenge! Hvordan går det?

Han indså hurtigt at det ikke var den mest effektive at starte en samtale med to livstrætte teenagere på. De trak bare på skuldrene og vendte tilbage til det de var i gang med. Det var nødvendigt at skifte gear.

Han trak sin skrivebordsskuffe ud og tog sin pistol op. Han lagde den nonchelant på bordet. Det fangede drengenes opmærksomhed. De kom begge nærmere.

- Er det en Glock?

Lukas så sultent på det sorte våben.

- Nej, det er kun på amerikansk tv at de bliver brugt. Det her er en Heckler & Koch USP Compact 9 millimeter.

Nicklas tjekkede at pistolen var sikret. Han rakte den over mod Lukas. Drengens øjne voksede til dobbelt størrelse.

- Vil du prøve at holde den?

Der kom ikke noget svar. Men Lukas rakte ud og tog imod våbnet. Det sank lidt i hans hånd.

- Den er tung!

Nicklas nikkede. Han huskede tilbage til første gang han selv havde holdt et våben. Vægten var også kommet bag på ham.

- 667 gram uden patroner. Cirka en liter mælk med.

- Må jeg også holde den?

Malthe var rykket tættere på. Hans blik rummede ærefrygt og ikke kun nysgerrighed.

Lukas rakte pistolen videre. Malthe tog imod den med begge hænder. Over hans skulder, fangede Nicklas Lindas blik. Det var skarpt og misbilligende. Han rakte hurtigt ud efter pistolen igen og låste den nede i skuffen.

- Hvor mange skud er der i sådan en?

Lukas havde fået liv i blikket og stemmen.

- Der kan være 13 patroner i magasinet. Der hører et ekstra magasin med.

Begge drenge så imponeret ud.

- Har du skudt nogen?

Det spørgsmål måtte jo komme.

- Hvis du mener om jeg har slået nogen ihjel, så er svaret nej.

Drengene så skuffede ud.

- Men hvis du spørger om jeg har skudt *efter* nogen, så er svaret ja! Adskillige gange.

Lyset vendte tilbage i tvillingernes blik. Linda så stadig ikke tilfreds ud. Nicklas overvejede om han skulle skifte emne. På den anden side, så havde han deres opmærksomhed nu, og det var en stor del af formålet med besøget.

- Hvem har du skudt efter?

Malthe lænede sig spændt ind over bordet.

- Forbrydere. Kun forbrydere.

- Kunne du ikke ramme dem, siden de ikke døde?

Lukas kunne åbenbart ikke forestille sig andre årsager end dårligt sigte. Nicklas følte sig lidt ramt på sin stolthed.

- Når en politimand skyder efter nogen, er det sjældent med det formål at dræbe dem. Hensigten er at stoppe dem, så andre ikke kommer til skade!

Igen et skuffet blik.

- Har jeg fortalt om dengang jeg fangede en bankrøver?

Det virkede. Nicklas fyldte alle de detaljer på han kunne i fortællingen om en sølle junkie der var vadet ind i den lille sparekasse i Flemløse med et par nylonbukser trukket over hovedet.

Det var i virkelighedens udgave endt ganske udramatisk med at junkien havde tisset i bukserne og sat sig grædende ned på gulvet. Derefter havde Nicklas placeret ham i bilen med et tykt tæppe over sædet og kørt ham på sygehuset. Drengene fik dog indtrykket af at der havde været en del mere drama involveret. Sådan kan det gå.

Imens Lukas og Malthe fordøjede eventyret, hentede Nicklas dem hver en sodavand fra køleskabet. Han satte sig igen på kanten af skrivebordet.

- Vi havde også på et tidspunkt en kidnapningssag. En pige på 12 år var forsvundet på vej hjem fra skole. Ingen havde set hende. Forældrene fortalte at hun ellers altid gik lige hjem. Politiet havde absolut ingen spor at gå efter. Der gik 37 timer før vi fik hul på sagen.

Malthes mund stod åben.

- Fandt I hende igen?

- Ja. I god behold.

Selv Lukas var opslugt af historien.

- Var det dig der fandt hende?

- Nej, faktisk ikke. Det var Kingo!

Begge drenge kiggede automatisk ned på den tomme hundekurv. De kendte politihunden ganske godt fra de mange besøg hos Knud.

- Hvordan det?

- Vi tog ham med på hele den rute vi mente pigen havde gået. Uden held. Så tog vi ham med ud i Krengerupskoven, for det tilfælles skyld at hun skulle være kommet forbi der. Der fandt han spor. Hans gode næse førte os til en hule dybt inde i skoven. Der var hun. Bagbundet og med en gammel klud i munden.

Malthes øjne var spærret helt op.

- Hvem havde taget hende til fange?

- Det viste sig at være en gruppe store teenagepiger fra hendes skole. De havde set sig sure på hende. De havde mobbet hende i længere tid, men nu havde de så skruet op for grovhederne.

- Hvad skete der med dem?

Lukas så oprørt ud.

- De blev smidt ud af skolen og fik en betinget dom. Det vil sige at hvis de overtræder loven igen, så får de en hårdere straf.

- Kom de ikke engang i fængsel?

Lukas var tydeligvis forarget.

- Ikke i den omgang. Men de blev idømt noget samfundstjeneste og blev tvunget til at gå i behandling for vold.

Linda rejste sig og kom hen til skrivebordet. Hun sendte Nicklas et alvorligt blik.

- Nå, drenge, det er vist på tide at vi kommer hjem nu!

Det så ikke ud til at falde i god jord, men de fulgte dog med. Nicklas var ikke helt med på hvorfor hun ikke var tilfreds med hans indsats, men han var ret sikker på at hun nok skulle uddybe det på et tidspunkt.

Efter arbejde, stoppede han hos Sascha. Der ville være dejligt roligt så tidligt på aftenen. På vej derhen, lagde han mærke til ny graffiti, eller rettere tagging, ved busstoppestedet. Kønt var det ikke. Det var svært at læse de sammenflettede bogstaver, og farverne var ikke velvalgte. Ikke hans stil, og teknisk set heller ikke lovligt. Det måtte han sætte Knud til at kigge på snarest.

Han parkerede ved siden af Saschas Mazda. I dagslys var der rigeligt med læsestof på de mange stickers hun havde sat på. I mørke var det kun de selvlysende røde striber langs konturerne som var synlige.

- Hey, du møder tidligt i dag?

Nicklas satte sig ved baren imens hun skænkede en fadøl.

- Ja. Jeg tænkte at jeg ville slukke tørsten imens der endnu var ledige pladser.

Sascha satte kruset på disken.

- Ellers noget nyt?

- Tja, det går lidt fremad med sagen. Men jeg har ikke anholdt nogen endnu.

- Jeg tænkte mere på dit privatliv?

Hendes smil afslørede at hun fiskede efter oplysninger om hans seneste dates. Det overraskede ham at hun havde hørt noget, for han havde ikke selv fortalt hende noget.

- Du mener Kendra?

- Nå, er det det hun hedder? Sexbomben i den fede bil? Jeg løb ind i Linda i går.

Det var forklaring nok. Han havde heller ikke fortalt Linda noget som helst, men det var umuligt at holde noget hemmeligt på et lille kontor i så en lille flække.

- Jeg ved ikke hvor meget der er at fortælle....

- Helt ærligt, du får jo røde kinder bare jeg bringer emnet op!

Sascha så drillende på ham.

- Kom nu. Du kan da ikke lade din bedste ven hænge her uden informationer. Jeg kan ikke huske hvornår du sidst har datet nogen seriøst.

- Hvem siger det er seriøst?

- Dit blik. Og din stemme. Du glemmer vist hvor godt jeg kender dig?

Nicklas indså at det ville være nyttesløst at spille kostbar. Desuden havde hun ret, hun var hans bedste ven, så hvorfor skulle han ikke fortælle hende det?

Et par øl senere havde han givet hende alle relevante informationer. Også et par der måske ikke var strengt nødvendige. Han havde dog undladt de pinlige detaljer om hvordan Kendra fik ham til at glemme tid og sted, og hvordan hendes duft og stemme fik ham til at svæve. Men det var nok også overflødigt.

Kapitel 11

Tredje gang telefonen kimede, rev den Nicklas ud af søvnen. Han famlede efter den i halvmørket og var ved at vælte den på gulvet.

- Det er Linda! Undskyld jeg vækker dig, men du er nødt til at komme!

Nu var han for alvor vågen. Panikken i Lindas stemme var lige så uvant som den var tydelig.

- Hvad er der sket?

- Det er Knud. Han er kommet på sygehuset. De mener han har brækket hoften!

Nicklas baksede tøjet på med telefonen på lydhør. Linda havde ikke mange flere informationer, for Knud havde så mange smerter da han havde fået fat på hende at han ikke havde kunnet oplyse ret meget. Nu var han nogenlunde smertedækket, men også tilsvarende groggy.

Nicklas ankom til sygehuset med pjusket hår og daggamle skægstubbe. Linda sad i venteværelset og vred hænder imens hun ventede på ham.

- Er der noget nyt?

Hun rystede på hovedet.

En læge hastede forbi. Nicklas prajede ham i farten og spurgte om de måtte se Knud. Efter at have forklaret hvem de var, fik de lov til et kort visit.

Knud så lille og skrøbelig ud i hospitalssengen. Han lå med lukkede øjne, og hans hud lyste hvidt i det skarpe lys. Linda lagde forsigtigt en hånd på hans arm.

- Nicklas er her. Han vil gerne høre hvad der skete.

Knud åbnede øjnene. Han så lidt omtåget ud. Det måtte være kraftige sager de havde pumpet ham fuld med.

- Jeg ved det dårligt nok. Det gik så hurtigt.

Han talte meget lavt. Nicklas trak en stol hen til sengen og satte sig. Han lænede sig frem for bedre at høre.

- Hvor faldt du henne?

- Inde i stuen. Jeg stod på en stige og var ved at skifte en lampe. Derfor var det halvmørkt. Jeg tænkte at jeg vel kunne se godt nok til at hænge den op.

Han rømmede sig og trak vejret dybt et par gange.

- Jeg kunne pludselig høre noget skramle ude i
  køkkenet. Der måtte være nogen der var brudt ind. De
  troede nok at jeg ikke var hjemme, siden der var
  mørkt.

Knuds stemme blev fastere. Vreden lå og lurede under
ordene.

- Jeg råbte at jeg var politimand og at jeg var bevæbnet.
  Det fik fart i dem. De løb forbi mig, og en af dem
  skubbede til stigen så jeg faldt.

Nicklas rynkede panden. Det var alligevel en grov måde
at slutte et indbrud på. De kunne jo sagtens have været
sluppet forbi den ældre mand uden at skade ham.

- Hvad med Kingo? Han ved da godt hvordan man
  standser nogle indbrudstyve.

Knud rystede trist på hovedet.

- Han er gammel, ligesom mig. Han hører dårligt
  efterhånden. Faktisk vågnede han først da jeg skreg.

En portør stak hovedet ind.

-   Besøgstid er slut, beklager! Jeg skal køre hr. Lindgren til scanning nu.

De tog afsked med Knud og gik ud af værelset. Portøren fik rutineret bakket den store seng ud uden at vælte dropstativet.

Linda var stadig chokeret. Nicklas vurderede at det ikke var fornuftigt at lade hende køre hjem selv. Han måtte hjælpe hende med at hente bilen senere.

På vejen hjem sad de begge fordybet i tanker. Nicklas var opsat på at få fanget indbrudstyvene nu. De var avanceret fra smårapseri til indbrud med vold og personskade på ganske kort tid. Det var simpelthen nok nu. Hvis ikke han kunne finde dem selv, måtte han bede kolleger om hjælp.

Han parkerede på villavejen og steg ud for at følge Linda ind. Frank sad som sædvanligt i stuen med sin avis. De to mænd nikkede til hinanden.

Nicklas fulgte Linda helt ud i køkkenet og tilbød at lave kaffe til hende. Det gik op for ham at han selv trængte. Et øjeblik senere stillede han to dampende krus på den blomstrede vinyldug.

-   Klarer du dig?

De tog begge en slurk af den varme kaffe. Linda nikkede.

- Ja, selvfølgelig. Jeg fik bare et chok da Knud ringede i morges. Men nu er han jo i gode hænder. Frank og jeg har aftalt at vi kører over og henter Kingo om lidt. Han er velkommen til at være her til Knud kommer hjem.

Nicklas havde glemt at tænke på hunden. Godt at Linda var mere forudseende.

- Det bliver drengene da glade for! Hvor er de i øvrigt?

- De er på udflugt med skolen. De kommer hjem i aften.

Nicklas tømte kruset og rejste sig for at gå. Selv om det var weekend, så havde han en del arbejde foran sig.

På vej hen ad gangen, fangede en skarp lugt hans næse. Han havde ikke bemærket den før. Han sniffede prøvende. Det lugtede lidt som terpentin.

Linda så undersøgende på ham.

- Er der noget galt?

- Hvor er drengenes værelser?

Hun pegede mod de to nærmeste døre. Nicklas åbnede døren til det ene uden at spørge. Et typisk drengeværelse med uredt seng, plakater på væggene og beskidt tøj på gulvet. Stanken af kemikalier ramte dem begge.

Nicklas tog en runde i værelset. Lugten kom fra en kasse under sengen. Han lagde sig på knæ og trak den frem. Den var fyldt med spraydåser, brugte klude og en dunk terpentin.

Linda lagde chokeret hånden over munden. Hun stirrede uforstående på kassen. Nicklas fik ondt af hende. Hun var hårdt prøvet i forvejen og havde nok ikke brug for at vide at hendes drenge nu også var graffitikunstnere.

Der var egentlig ikke så meget han kunne sige til hende, andet end at han skulle snakke med Lukas og Malthe når de kom hjem. Foreløbig havde han en anden sag der havde førsteret.

På vej til kontoret ringede han til et par af kollegerne i nabobyerne og satte dem ind i den nyeste udvikling i sagen. De lovede at være på udkig, selv om der ikke var meget konkret at gå efter. Selv planlagde han en dag med overvågning af nogle af de steder hvor unge hang ud.

Kendras nummer var øverst i hans telefonhistorik. Hun tog dem med det samme.

- Vil du med på en overvågning? Jeg kan lokke med kaffe og kage og god snak?

Det var måske ikke helt "kosher" at tage en civilperson med på sådan noget. Han tvivlede på at det ville resultere i kontakt med banden ved første forsøg. Hvis der skulle være bid, kunne han nok finde en løsning. Desuden var Kendra jo vant til politisager, så måske kunne hun bidrage med friske øjne på sagen.

- Skal jeg komme i helikopteren? Hvis de nu stikker af?

Den drillende undertone var ikke til at tage fejl af. Hun havde nok heller ikke noget imod at minde ham om hvor cool hun var. Han svarede at hvis den kunne skjules bag nogle træer, så var hun da velkommen.

Nicklas bryggede en kande kaffe og fandt termokrus frem. Bageren var lukket, men tankstationen havde donuts der ikke var alt for tørre, vidste han af erfaring.

Da han nåede hen til Dolevej, stod hun allerede parat i indkørslen. Hun gav ham et kys på kinden, så snart hun havde sat sig ind. Meget uskyldigt.

- Tak for sidst, i øvrigt. Det var en fantastisk aften! Jeg er stadig helt høj af den musik!

Nicklas smilede. Hans højdemåler var også gået amok, men ikke så meget over Puccinis værk.

- Hvis ikke jeg havde ringet, hvad havde dine weekendplaner så gået ud på?

- Yoga, Netflix, træning af Angel. Helt typisk fridag.

- Hvilken af tingene måtte du så droppe?

- Hvem siger at jeg dropper noget af det? Weekenden er jo ikke slut endnu.

Det var sandt. Der var masser af weekend tilbage. Det måtte han vende tilbage til senere.

Han parkerede bilen i ly af en gruppe høje bøgetræer med tæt løv over for den nedlagte fabriksbygning. De blev ikke ligefrem usynlige, men hvis man ikke var på udkig efter en politibil på overvågning, ville man ikke lægge mærke til den.

Nicklas konstaterede at der ikke var tegn på liv ved fabrikken. Parkeringspladsen var tom, og der var ingen bevægelse nogen stedet. Han fandt de to krus frem og rakte dem til Kendra. Han åbnede termokanden og hældte forsigtigt op. Hun stillede de fyldte krus på instrumentbrættet, og han måtte skynde sig at bede hende stille dem i kopholderne i stedet. Det ville være meget tydeligt at der sad nogen i bilen, hvis ruderne begyndte at dugge.

- Hvad fik dig til at begynde at flyve helikopter?

Kendra tog imod posen med donuts og valgte en med hvid chokolade uden på.

- Min onkel var helikopterpilot i militæret. Han var helten i familien. Allerede som lille pige var jeg fascineret af hans fortællinger. Da jeg var 14, gav han mig for første gang en tur, og så var jeg bare solgt på stedet.

- Hvordan kan det så være at du ikke valgte en karriere som pilot?

Hun slikkede sine fingre fri for chokolade og krymmel.

- Det er for svært at ernære sig med. Og jeg havde allerede planlagt at jeg ville være læge på det tidspunkt.

- Hvis du drømte om at blive læge, hvordan endte du så med at beskæftige dig med døde mennesker?

- Nu er de fleste af dem jeg beskæftiger mig med altså levende. Størstedelen af mit arbejde handler om DNA prøver fra voldtægtsofre og andre voldsofre. Eller spor efter krudtslam eller sod på forbrydere.

Det var jo sandt. Selv om man godt kunne få et andet indtryk fra tv serier, så var det et alsidigt arbejde hun havde.

- Desuden er der jo nogen der skal tale de dødes sag. De tager vigtig viden om deres drabsmænd med sig i graven, hvis ikke der er nogen der lytter til de spor de bærer på.

Sandt igen. Nicklas var fuldt ud klar over at en politistyrkes muligheder for at opklare alvorlige forbrydelser, var dybt afhængig af dygtige retsmedicineres evner.

En varevogn kørte ind på pladsen foran fabriksbygningen. De dukkede sig begge for ikke at blive set. Efter et øjeblik steg en mand ud og gik omkring. Det så ud som om han ledte efter noget. Nicklas tog kameraet frem og tog en række billeder af manden og bilen.

Efter at have set sig om et øjeblik, gik manden hen til buskadset i hjørnet af grunden og stillede sig op for at tisse. Han lynede op, satte sig ind i varevognen og kørte igen.

Nicklas lagde kameraet væk. Det var vist en fuser. Kendra klukkede.

- Du anholdte ham ikke? Han kunne jo være en vigtig brik i puslespillet!

Nicklas trak på smilebåndet.

- Jeg tror ærligt talt ikke anholdelsen ville klare sig i en retssag.

Der skete ikke mere foran fabriksbygningen. Ingen bande der vendte tilbage. Ingenting i det hele taget. Det eneste spændende der foregik resten af dagen, var den hyggelige snak med Kendra. Han besluttede at fortsætte sin overvågning efter at have kørt hende hjem. Hvis han havde fundet det rigtige sted, måtte de vel vende tilbage på et tidspunkt.

Kapitel 12

Nicklas vågnede ved at han i den grad skulle tisse. Og at ryggen gjorde ondt. Og at telefonen brummede.

Han var nødt til at tage tingene i den rigtige rækkefølge. Efter endt mission kravlede han tilbage i bilen. Displayet viste at det var Knud der havde ringet. Han ringede tilbage.

- Godmorgen Knud. Hvordan går det med dig?

- Godmorgen. Jeg ringede for at fortælle at jeg skal opereres senere på dagen. Det er hoften der er brækket. De mener at jeg skal have en ny. Det betyder måneders genoptræning bagefter.

- Hmm. Det lyder som en hård omgang.

- Det bliver det. Ingen tvivl om det. Og derfor har jeg også besluttet at det vil være det fornuftigste at gå på pension nu. Det har jo været længe undervejs.

Det lød som den mest logiske følge, det var Nicklas enig med ham i. Knud havde de seneste par år mest taget sig af rutineopgaver som kunne klares fra en skrivebordsstol. Han havde erfaring fra en lang karrieres opgaver, og dem trak Nicklas ofte på. Men decideret politiarbejde havde længe været en kamp for den ældre mand.

Han ville savne at komme på kontoret. Men Nicklas var overbevist om at Knuds venskab med Linda ville mildne det lidt. Måske ville han fortsætte med at komme og spise rundstykker en gang imellem. Det skulle nok gå.

Samtalen blev forstyrret af en kraftig lyd fra overvågningsappen. Nicklas startede bilen imens han rundede snakken af. Han håbede inderligt at det var banden der var gået i fælden, og at han ville komme i tide til at tage dem på fersk gerning.

Hjulene hvinede på asfalten da han tog svinget i høj fart. Han havde ikke sat sirene på, for han ville gerne overraske dem. Få minutter senere drejede han forsigtigt ind på sin gårdsplads.

Der var tomt. Men porten stod på klem. Nicklas listede hen til den og kiggede ind. Ingen lyde derinde fra. Han skubbede porten op og lavede en grimasse da hængslerne peb. Han noterede sig at det skulle fixes ved førstkommende lejlighed.

Trods sollyset udenfor var laden halvmørk. Men der var ingen uvedkommende derinde. Det var til gengæld tydeligt at de havde været der. Den campingvogn tyvegodset havde været i, var brudt op og havde nu fået tilføjet et par buler. Malingen var ridset hele vejen rundt. Hynderne var flænset op. Det var i den grad en hævnaktion der var foregået.

Nicklas smadrede hånden ind i campingvognen. Endnu en bule. Det dæmpede ikke hans vrede at hånden nu også gjorde ondt. Han gned den ærgerligt i et forsøg på at massere smerten væk.

Han vendte sig brat da der blev banket på ladeporten. Det var hans nabo, Lasse.

- Jeg så din bil. Jeg ville bare tjekke at du er okay.

- Så du hvem der var herovre?

- Ja. Jeg ville ringe til dig da jeg opdagede dem, men så kom du i det samme. Desværre nåede de at stikke af.

Nicklas fik ham til at gå med ind og komme med en fyldig beskrivelse.

Lasse fortalte at han lige havde slukket traktoren da han hørte larm fra laden. Han kunne se en gammel sort Peugeot 307 stå på gårdspladsen. Desværre var han for langt væk til at læse nummerpladen. Men han kunne se at den var dekoreret med klistermærker. Inden han nåede tættere på, var der stormet fire unge mænd ud af laden og var kørt væk med gruset flyvende omkring bilen. Den ene forlygte var i øvrigt sprunget, bemærkede han.

Nicklas noterede det hele ned. Sådan en gammel skrammelkasse skulle vel ikke være så svær at finde, hvis de stadig var i området. Han gættede på at de havde været der for at hente tyvegodset, og at de havde smadret campingvognen i raseri da de opdagede at det var væk.

Han takkede Lasse for god indsats og bad ham ringe med det samme hvis han så knægtene et sted.
Teknisk set var søndag en fridag. Undtagen når han var midt i en sag, og det var han jo nu. Han besluttede at køre en runde i området for at se om der skulle stå en gammel Peugeot et sted.

Et par timer senere var han hjemme igen. Der havde ikke været bid. Ryggen brokkede sig efter natten i bilen, så han valgte at tage en lur. Det kunne også klare hjernen lidt. Hvis han var heldig, kunne han måske drømme om en dejlig dame han kendte.

Der var nu ingen dejlige damer i hans drømme. Kun en smadret campingvogn og nogle usynlige fjender. Han vågnede ved at han lå og slog i en pude. Ikke særligt opmuntrende. Det gik op for ham at han ikke rigtig havde fået hverken mad eller kaffe hele dagen. Det gjorde heller ingenting bedre.

Køleskabet kunne ikke tilbyde en løsning. En halv spegepølse, et karton sur mælk og nogle hvidløg. Han var ikke i humør til at handle og kokkerere, så i stedet hoppede han i bad og kørte over til Sascha.

Klokken var ikke så mange, så han var en af de første på parkeringspladsen. Saschas Mazda holdt ved siden af et par andre biler som han vidste tilhørte hendes band. Ellers var der tomt.

Sascha var i gang med at skære citroner og lime i både til aftenens drinks. Nicklas holdt en hånd afværgende op, da hun gjorde mine til at tappe hans øl.

- I dag kunne jeg godt bruge en kop kaffe og en burger til at starte på.

- Jamen, så er det da det du får. Ida? Vil du sætte frisk kaffe over og stege en burger?

Ida nikkede og forsvandt ud i køkkenet. Sascha lagde hovedet på skrå og kiggede på Nicklas.

- Du ser lidt brugt ud, ven. Hård weekend?

Nicklas nikkede. Han kunne aldrig skjule noget for hende. Før bestillingen var serveret, havde han opdateret hende på weekendens oplevelser, lige fra Knuds uheld til indbruddet i laden og den smadrede campingvogn. Sascha lyttede medfølende til det hele. Ida satte tallerkenen og et krus foran ham, og han gik sultent i gang.

- Er det ikke lettere at finde dem, nu hvor du ved hvad de kører i?

- Egentlig ikke. Jeg har jo ikke nummerpladen på bilen. Gamle Peugeot'er med klistermærker er der nok af på vejene.

- Sandt. Jeg har selv haft en engang.

Sascha så distraheret på døren. Nicklas vendte sig om i barstolen for at se hvad der havde fanget hendes blik. Kendra lyste op i det halvmørke lokale. Hun fik øje på Nicklas og bevægede sig over mod baren. Sascha kiggede smilende på ham.

- Wow.

- Please!

Nicklas var ikke parat til at præsentere de to damer for hinanden, men han havde ikke noget valg nu. Desuden måtte det jo komme. Han ville bare gerne gøre det så udramatisk som muligt, så han håbede at Sascha ikke ville overdrive situationen.

Han vendte sig om mod Kendra og besvarede hendes kram. Det gav lidt varme i kinderne. Før han nåede at sige noget, rakte Sascha en hånd frem mod Kendra, præsenterede sig og bød hende velkommen.

- Jeg har hørt så meget godt om det her sted, så jeg ville ikke vente på at Mr. Mustang her inviterede mig med herhen!

Nicklas rødmede lidt. Han havde svært ved at vurdere hvor hurtigt tingene skulle gå. Selvfølgelig ville han have taget hende med på Jasper, men det føltes lidt som om han inviterede hende med hjem for at møde sin familie. Sascha var som en søster for ham, så hun var sådan set familie.

Det så ud som om der var stor velvilje mellem de to kvinder, konstaterede han til sin store lettelse. Det gjorde unægtelig tingene lettere. Kendra satte sig på barstolen ved siden af ham og så på Sascha.

- Må jeg spørge hvem Jasper er? En eks?

- Jasper er ikke en person, men en ting. Jeg har altid haft planer om at åbne en Jazz Bar, så navnet er bare en lille omskrivning.

- Ah, elegant!

Kendra smilede anerkendende. Hun bestilte en Dirty Martini og Nicklas den sædvanlige fadøl. De tog dem over til et hjørnebord, så Sascha kunne få lidt albuerum. Gæsterne var begyndt at strømme ind.

- Du har god smag i venner. Sascha virker som en man har lyst til at hænge ud med.

- Det er hun også. Og så er hun en man kan stole på. Altid. Hun har været der igennem tykt og tyndt i alle de år vi har kendt hinanden. Sådan et venskab er sjældent.

- Det har du ret i. Jeg har kun en enkelt ven som jeg har kendt i mange år. Og det er faktisk ikke særligt tit at vi ses.

Kendra nippede til sin drink og så tankefuld ud.

- Hun hedder Eva. Vi traf hinanden på gymnasiet. Hun valgte også at blive læge, så i studieårene så vi en del til hinanden. Vi delte værelse på kollegiet, men vores skemaer var forskudt, så der var ikke meget tid til at slappe af sammen. Nu arbejder hun i den anden ende af landet. Men jeg tror jeg vil ringe til hende i morgen og høre hvordan det går.

Nicklas tænkte at han var taknemmelig for at hans nærmeste ven boede lige i nærheden.

De blev afbrudt da Sascha tog mikrofonen.

- Venner! Vel mødt til vores koncertaften her på Jasper! I dag har jeg en overraskelse til jer – en ny og kommende Superstjerne!

Der lød spredte klapsalver. Folk så forventningsfuldt op på scenen, hvor Saschas band var kommet på plads. Frederik lavede en lille trommehvirvel.

- Hun har allerede taget YouTube med storm, og nu er hun klar til at spille for jer. Byd hende velkommen! Værsgo' til Meghan O'Neill!

En ung kvinde kom ind på scenen og satte sig på taburetten med guitaren på skødet. Hun var fokuseret på at rette på mikrofonen og kiggede ikke på publikum. Da hun begyndte at spille, forsvandt hun ind i sin egen verden. Her var ikke noget stort anlagt sceneshow. Kun en

velspillet guitar og en stemme der nåede hjertet. Nicklas
og Kendra lyttede til den smukke tekst uden afbrydelser.

Da Meghan holdt inde, var der et øjeblik med total
stilhed. Så brød et larmende bifald løs. Hun så overrasket
ud på publikum og smilede. Det var som om hun først
opdagede dem rigtigt nu.

Det gik op for Nicklas at Kendra havde taget hans hånd
imens de lyttede. Han havde været så optaget af musikken
at han ikke havde bemærket det. Hun havde næsten
samme drømmende blik som ved operaen. Han slap
hende modstræbende for at klappe.

Da Meghan var ved at runde sit sæt af, kom Sascha op til
hende på scenen. De to sang en smuk duet. Det lød som
om de havde sunget sammen i mange år, og de fandt
ubesværet hinandens toner og improviseringer.

Meghan bukkede lidt genert af det stående bifald. Sascha
tog mikrofonen og ventede på at det stilnede af.

- Jeg har en fornemmelse af at I kunne lide hvad I
  hørte? Husk at I hørte hende først her på Jasper!
  Meghan har en stak CD'er med, så nu har I chancen
  for at få en autograf og en skive med hjem!

Nicklas og Kendra stillede sig op i den lange kø. Meghan skrev autografer i et væk, og der var rift om skiverne. Sascha havde lige så travlt i baren. Koncerten havde været en succes, ingen tvivl om det.

Da det endelig blev deres tur, kom Nicklas i tvivl om han skulle bestille en eller to CD´er. Ville det virke for selvsikkert kun at bestille en? Eller kunne det virke som en afvisning hvis han bestilte to?

Kendra kom ham i forkøbet.

- Kan vi få to skiver med autograf? Så kan vi have en i hver vores bil?

Nicklas åndede lettet op. Det var en god løsning som ikke antydede hverken det ene eller det andet.

Kendra betalte og pakkede sin skive ned i tasken. Hun kyssede Nicklas på kinden og takkede for en skøn aften.

Nicklas fangede Saschas blik over skulderen på hende. Hendes smil fortalte både at aftenen havde været meget vellykket og at han havde hendes godkendelse med hensyn til Kendra.

Han kunne ikke finde på mere at ønske sig her og nu.

Kapitel 13

Linda virkede trist. Det var først da Nicklas så at der ikke stod det sædvanlige fad med rundstykker, at han kom i tanke om at Knud var stoppet på kontoret. Han ville blive savnet. Det samme ville Kingo.

- Hvordan går det med at have fået hund i huset?

- Det går fint. Han er ikke til meget besvær. Men han savner tydeligvis Knud. Til gengæld er drengene vilde med at have ham der.

- Det kunne jeg forestille mig. Nu vi snakker om dem – hvad stiller vi op med dem? Jeg er nødt til at gøre noget for at stoppe den her udvikling.

- Jeg ved det! Jeg ved simpelthen ikke hvordan jeg skal nå dem. Frank gør ikke noget, og de lytter ikke til mig.

Linda så ulykkeligt på ham. Han måtte finde på noget der kunne beskæftige tvillingerne med andet end drengestreger. Men hvad?

En ide begyndte at spire. Der var flere forefaldende ting på kontoret som Knud plejede at tage sig af. Linda havde nok at se til, så det burde ikke være hende der skulle overtage. På den anden side var der ikke nok arbejde til at det ville give mening at ansætte en kontorhjælp. Måske kunne han få drengene til hjælpe? Det kunne måske hjælpe dem til at skifte spor hvis de fik noget fornuftigt at tage sig til?

Han luftede tanken for Linda. Først var hun i tvivl. Ville det ikke være at belønne dem for dårlig opførsel? Men da de havde snakket frem og tilbage om det, kunne hun godt se pointen.

Spørgsmålet var så om de skulle arbejde gratis, som en form for samfundstjeneste, eller om de skulle have lidt lommepenge, som en gulerod?

Winnie og Benjamin afbrød deres samtale. De dukkede af og til op når de vejrede en historie. Han havde en anelse om hvad de ville denne gang.

- Er det sandt at der er en bande på spil i området? Vi er blevet kontaktet af flere der har haft indbrud.

Ingen høflighedsfraser her. Typisk journalist. Nicklas overvejede om det ville være en ulempe eller en fordel at involvere offentligheden. Normalt ville han ikke have rodet avisen ind i en sag der var i gang, men på den anden side, så havde han ikke haft ret meget held alene. Måske kunne det hjælpe at have ekstra øjne på vagt.

- Det er korrekt. Der har været adskillige indbrud på de her kanter. Der er også fundet tyvekoster i lokalområdet, og der har endda været tale om voldsepisoder.

Winnie lignede en hund der havde fundet et kødben.

- Hvor i lokalområdet er tyvekosterne blevet fundet?

Næ nej. Det havde han ingen planer om at fortælle. Hun kunne godt afvæbne den kuglepen!

- Jeg kan ikke afsløre alle detaljer i en igangværende sag. Men jeg kan sige så meget at banden har været årsag til at en politimand er blevet hårdt såret.

- Drabsforsøg?

Winnies pupiller var nu på størrelse med tekopper. Selv Benjamins opmærksomhed var fanget.

- Det vil jeg nok ikke kalde det, nej. Men vold med personskade til følge, det er helt sikkert.

Kuglepennen kradsede hen over papiret. Winnie bad om detaljer, og Nicklas fodrede hende med de oplysninger som han kunne bruge offentlighedens hjælp med.

Benjamin tog et par fotos imens de snakkede. Nicklas kørte hånden igennem håret og sørgede for en professionel mine. Han vidste af sur erfaring hvordan det var at se sig selv på forsiden med uregerligt hår og dårlig holdning.

Så snart døren lukkede sig bag dem, kom Linda hen til hans skrivebord.

- De har lige ringet fra sygehuset. Knud er opereret nu, og de venter på at han vågner.

- Er det gået godt?

- Ja, det mener de. Men jeg vil gerne være der når han må få besøg. Han har jo ikke noget familie….

- Det er okay, du kører bare.

Hun takkede, greb sin taske og gik.

Nicklas spiste sin sandwich imens han noterede adresser ned. Han ville bruge eftermiddagen på at køre rundt i området igen på udkig efter den slidte Peugeot. Lede steder hvor de kunne tænkes at være. Eftersom de gik efter mål i lokalområdet, holdt de nok til et sted tæt på.

Hvis han havde boet i et byområde, ville der være en del overvågningsvideo fra trafik eller større virksomheder. Det ville have været en stor hjælp. Men her ude på landet var den slags et eksotisk indslag. Her kom man længere på benzin.

Efter at have cruiset rundt i nabolaget, holdt han ind på den lille p-plads ved rundkørslen i Glamsbjerg. Der havde han udsyn over trafikken, og da hovedvejen gik fra Assens til Odense var der en reel mulighed for at lede efter suspekte biler der.

Ganske kort tid efter at han havde slukket motoren, så det ud til at der var bid. En sort Peugeot 307 med en streamer i bagruden som reklamerede for Dalum Hundesalon kørte forbi. Han drejede nøglen, kørte ud fra p-pladsen og tændte sirenen.

Chaufføren lod sig ikke mærke med noget. Nicklas slog det blå blink til. Stadig ingen reaktion. Bilen foran ham fortsatte stødt og roligt. Han overvejede om han skulle overhale og tvinge bilen til at standse, men han var klar over risikoen.

Han kørte helt tæt på bilen og blinkede med lygterne. Bilisten trådte hårdt på bremsen, og Nicklas var tæt på at hamre op bag i ham. Med nød og næppe undgik han en ulykke. Det gjorde ham ikke i bedre humør.

Han sprang ud af bilen og gik hen og bankede hårdt på
sideruden. Den blev langsomt rullet ned. Bag rettet sad en
ældre dame. Han kunne se overraskelsen i hendes blik.
Den matchede nok hans egen. Han havde ikke forventet
en pensionist.

- Har jeg gjort noget forkert?

- Er det din bil, frue?

- Ja?

- Har du lånt den ud til nogen for nylig?

- Nej?

- Må jeg se dit kørekort?

Damen ledte i sin taske. Det tog et stykke tid. Endelig
fandt hun et slidt kørekort frem og rakte ham det.

Merete Vangshøj, stod der. Årgang 1942. Hun lød ikke
som en voldsforbryder. Han gav hende kørekortet tilbage
og ønskede hende en fortsat god dag.

Tilbage i bilen noterede han bilens nummerplade for en
sikkerheds skyld. Efter et øjeblik blev der gasset op. Kort

efter slap hun endelig koblingen, og bilen gav et ryk fremad. Nicklas krummede tæer ved hvert gearskifte, indtil bilen var uden for hørevidde.

Han kørte tilbage til p-pladsen. Den endeløse venten var nok det han mindst kunne lide ved sit arbejde.

Mobilen gav lyd fra sig. Det var Anton, en af musikerne i Saschas band.

- Hej, gamle ven. Jeg vil bare høre om du er i humør til at motionere trommestikkerne i aften? Vi mødes ovre hos Stig og jammer.

Det ville være et forfriskende afbræk på en halvsur dag. Han lovede at komme hvis det var muligt. Han kunne ikke rigtig forpligte sig til noget.

Resten af eftermiddagen ventede han i bilen. Ikke flere sorte Peugeot'er der passerede. Lidt af aftenen gik også med samme resultat. Til sidst havde han fået nok.

Tankstationens udvalg af sandwich var halvvissent og trist, men Nicklas var efterhånden så sulten at det meste så spiseligt ud.

Da han parkerede ud for Stigs hjem, var de andre allerede kommet. Han blev mødt med glade hilsener da han åbnede døren. Selv Stigs schæfer, ZarZar, logrede og kom hen for at blive klappet.

Anton var i gang med at øve skalaer på sit keyboard. Annette var i gang med et funky groove på bassen. Stig legede med nogle distortion pedaler til guitaren. Frederik trænede på highhatten. Når bandet jammede var det ikke kun jazz og blues de spillede.

- Hvad spiller vi?

- Vi har planlagt nogle Prince numre fra hans seneste albums. Måske også noget Dirty Loops.

De havde god smag, ingen tvivl om det. Nicklas tvivlede dog på at de var musikere på helt samme niveau som idolerne, men det var okay. Ambitioner højnede altid udfaldet.

Han satte sig ved det sæt trommepads Frederik havde taget med. Så kunne de altid bytte senere på aftenen.

Kapitel 14

Lokalavisen lå på skrivebordet, da Nicklas mødte på kontoret. Linda havde sat kaffe over og var nu i gang med at rydde lidt op.

"Farlig bande på spil", stod der på forsiden. Det meste af siden var et billede af Nicklas i halvprofil. Han så meget bister ud. Han bladrede om til hovedartiklen og skimmede den hurtigt. Der var ikke sparet på dramaet, kunne han konstatere.

Artiklen sluttede med en anmodning om at offentligheden skulle kontakte lokalpolitiet hvis de havde oplysninger der kunne hjælpe med opklaringen. Det var som det skulle være.

Telefonen kimede. Linda skyndte sig hen for at tage den. Hun lyttede til personen i den anden ende og tog nogle notater. I samme øjeblik hun lagde røret, ringede den igen. Først efter tredje opkald fik hun tid til at opdatere Nicklas.

Der var flere af beboerne i området der havde oplysninger, men ingen af dem lød særligt brugbare. Nicklas skulle følge op på dem under alle omstændigheder.

Mobilen brummede. Der stod Lasse på displayet.

- Hej nabo! Er de vendt tilbage?

- Nej. Men jeg tror vi ved hvor de holder til. Tina mener hun har set dem på campingpladsen.

Lasses kone havde en bred kontaktflade, eftersom hun bestyrede den lokale campingplads. Nicklas bad parret kigge forbi kontoret, så han kunne få alle detaljer.

Det var midt på eftermiddagen før de dukkede op. Tina havde kopieret materiale fra overvågningskameraet over på sin iPad.

- Jeg tror det er dem du leder efter. De boede i en af hytterne indtil for to dage siden. De er stukket af fra regningen. Men vi har både dem og deres bil på kamera!

Hun rakte ham iPad´en og han startede videoen. Klippet viste Joakim Håkonsen hente nøgle til hytten i receptionen. Man kunne se tre andre skikkelser i bilen bagved. Næste klip viste bilen tæt på. Nummerpladen var synlig: XT 30 055. Han noterede den på blokken.

- Vi havde tænkt os at kontakte dig under alle omstændigheder. Det er frækt at de bare stikker af fra regningen! Men da vi så læste avisen i morges, tænkte vi at det lød som dem du leder efter.

Tina var forarget. Lasse nikkede og var enig med sin kone.

- Bilen er helt sikkert den samme som jeg så på din gårdsplads. En Peugeot 307 og en masse klistermærker.

- De her klip er en kæmpe hjælp. Nu har jeg noget konkret at gå efter. Jeg får tjekket bilen i registeret og sørger for at den bliver efterlyst. Jeg vil gerne kigge forbi og se hytten. Måske har de efterladt spor.

Han aftalte et tidspunkt med dem. Da de var gået, tjekkede han nummerpladen. Den var registreret til Katrine Jensen. En hurtig søgning dæmpede dog hans begejstring. Kvinden havde været død i to år. Han noterede den adresse hun havde boet på. På vej over til campingpladsen ville han lige dreje forbi.

Katrine Jensens sidste bolig var et rækkehus i et roligt boligkvarter. Nu stod der H. Nielsen på postkassen. Nicklas bankede på døren. En ældre mand med gangstativ åbnede. Nicklas præsenterede sig og spurgte om han kendte noget til den tidligere beboer.

- Katrine? Jo, vi mødtes af og til på Aktivcentret. Vi spillede Bridge og Canasta og sådan noget. Hun var vist også med i en strikkeklub.

- Kender du noget til hendes familie?

- Hun havde vist ikke så meget. Hun havde ingen børn selv, men hun snakkede lidt om en niece. Hun havde vist også en nevø, men ham har jeg nu aldrig mødt.

Altså endnu en blindgyde. Nicklas takkede manden for hjælpen og satte sig i bilen. Han håbede inderligt at der var efterladt brugbare spor på campingpladsen. Han var træt af at rende panden mod en mur.
Tina stod i receptionen da han kom. Hun var i gang med at ekspedere en kunde der havde købt øl og slik i kiosken. Da kunden gik, hentede hun nøglen til hytten og bad Nicklas om at følge efter. De gik ned bagerst på den lille campingplads. Et par børn legede på gyngerne, men ellers var der stille.

Tina låste op og trådte et skridt tilbage, så han kunne komme ind. Hytten var tydeligvis blevet forladt i en fart. Der lugtede kraftigt af cigaretrøg og mandesved. Nicklas satte automatisk en hånd for næsen.

Der var efterladt en håndfuld tomme ølflasker og et fyldt askebæger. Ellers var der ikke noget at komme efter.

Nicklas tog gummihandsker på og puttede et par skod i en pose. Flaskerne lagde han forsigtigt i en anden pose. Han ville få begge dele undersøgt for DNA spor i håbet om at finde ud af hvem det var Joakim Håkonsen hang ud med.

Tina ville vide hvad hun skulle gøre hvis de dukkede op igen.

- Jeg tror næppe det er sandsynligt. Men skulle det ske, så ringer du til mig med det samme. Du skal ikke forsøge at holde på dem, for det kan ikke udelukkes at de er farlige!

Tina nikkede og lovede at være på vagt.

Han nåede tilbage til kontoret lige som Linda var ved at låse af. Han nævnte kort hvad der var sket, og hun fortalte at der var kommet flere henvendelser, og at hun havde lagt oplysningerne på hans bord.

Hun fortalte at hun var på vej ud til Knud.

- Hvordan går det med ham?

- Det går fint efter omstændighederne. Han savner Kingo, men det varer nok et godt stykke tid inden de to kan ses igen.

- Du må endelig hilsen ham!

Nicklas var på vej hen til døren, men kom i tanke om noget.

- Måske kan du droppe tingene af på Retsmedicinsk Institut, når du nu er på de kanter alligevel?

Kendra ville være taget hjem for længst, så han fik ikke noget ud af at møde op personligt. Linda tog imod poserne og kørte.

Der lå en stabel sedler med Lindas sirlige håndskrift på hans skrivebord. Han bladrede dem hurtigt igennem. Ikke noget konkret at gå efter. De fleste handlede om folk der havde set nogle uregerlige unge mennesker som de var overbeviste om var de efterlyste.

Nicklas var ikke helt så overbevist. Det lød mere som larmende gymnasieelever eller bare unge i flok. Den slags var der altid lyd på. Som regel var de irriterende men uskadelige.

Dem han ledte efter var nok en tand ældre. Det virkede også som om de forsøgte at holde lav profil. De ville næppe rende rundt og gøre opmærksom på sig selv. Men selvfølgelig kunne han tage fejl. Under alle omstændigheder ville han tjekke alle beskederne nærmere, men da de alle handlede om situationer i dagtimerne, måtte det vente.

Det han trængte mest til nu var en løbetur. De seneste par morgener havde han ikke haft tid. Frustrationen efter en flok knægte der legede med ham sad dybt i kroppen. Det ville være godt at få det brændt af.

Han låste af og satte sig ud i bilen med kursen hjemad.

Kapitel 15

Benene bevægede sig i en konstant rytme, dikteret af musikken i ørerne. Pulsen skubbede vrede og irritation ud og Nicklas kunne mærke befrielsen i hvert åndedrag.

Solens sidste stråler blændede ham, men han kendte ruten bag gården ud og ind. Han rundede hjørnet på markvejen og satte tempoet ned. Træet ved siden af laden var perfekt til at strække ud ved.

Musikken stoppede brat da telefonen ringede. Jose lød ophidset, selv om hun næsten hviskede.

- De er i gang med et indbrud nu! De holder uden for Glamsbjerghus!

Nicklas satte i løb over mod bilen.

- Hvor befinder du dig?

- Jeg sidder på Grillen. Sascha, Winnie og Benjamin er her også!

- Bliv hvor I er! I skal ikke kontakte dem! Jeg er på vej!

Han trådte speederen i bund ud ad den smalle vej. Den var heldigvis øde på denne tid af dagen. Uden at slippe vejen af syne fik han kaldt kollegerne over radioen og bedt om assistance.

Næste opkald var til Kendra. Hun lød afslappet og glad da hun tog den.

- Hvor langt er du fra helikopteren?

- Ikke langt. Hvorfor?

- Jeg kunne godt bruge assistance fra luften. Banden er i gang med et røveri i Glamsbjerg lige nu!

Han gav hende adressen og lagde på. I det samme ringede telefonen. Det var Lasse.

- Jeg har lige snakket med Benjamin. Han siger at der er et røveri i gang lige nu nede i Glamsbjerghus!

- Ja, jeg har hørt det og jeg er på vej derned nu!

De gule marker flimrede forbi ham. Han overvejede et øjeblik hvilken rute der ville være hurtigst, men han nåede frem til at det var den han allerede var på.

Spørgsmålet var hvor langt røveriet var nået. Hvis de lige var ankommet, ville han sandsynligvis nå derned før de var færdige. Hvis ikke, ville det blive et problem at indhente dem. Det ville kræve mindst to biler at afsøge sandsynlige flugtruter i området.

Lige nu kunne han ikke gøre andet end at køre så hurtigt det var muligt og håbe på lidt held. Han ville ikke sætte sirene på for ikke at alarmere banden.

I det samme så han den sorte Peugeot komme imod ham i fuld fart. Den passerede ham tæt nok på til at han kunne genkende Joakim ved rattet.

Nicklas lavede en håndbremsevending og satte efter dem. Han nåede lige at se Saschas Mazda på vej i samme retning. Typisk at hun og de andre ikke havde lyttet til ham. Han måtte tage fat i dem når denne jagt var overstået.

Der var modkørende trafik på hovedvejen der gjorde det svært at overhale. Nicklas satte blink og udrykning på sin Mustang. Bilerne trak hastigt ind til siden for at lade ham passere. Han var helt tæt på Peugeot'en nu. To unge mænd kiggede skrækslagent på ham fra bagruden.

I det fjerne dukkede helikopteren op. Den fløj faretruende lavt og fulgte vejens snoninger. Peugeot'en slingrede et øjeblik, men fortsatte i høj fart. Joakim havde nok ikke forventet blokade fra oven.

Nicklas vidste at de snart ville passere et helleanlæg og at han derfor ikke ville kunne trække op på siden af dem. Han skulle tage dem nu.

Så fik han øje på Lasses Ferguson frontlæsser. Den holdt parkeret midt på vejen, så den spærrede i begge retninger. Under de enorme dæk lå helleanlæggets gule plastik spredt overalt.

Kendra svævede næsten lige foran Peugeot'en nu. Lyden af dens rotor trængte igennem de brølende motorer. Nicklas' blik fangede noget blankt og sort der blev rakt ud af venstre siderude på bilen. Derefter føltes det som om alt skete i slowmotion.

Et skud blev affyret mod helikopteren. Haleroret blev ramt og helikopteren begyndte at snurre rundt i høj fart. Et øjeblik så det ud som om den ville ramme dem alle. Den tiltede og pløjede sig ned i marken.

Nicklas kunne ikke få vejret. Han kastede sig ud af bilen og løb i retning af den havarerede maskine.

Så lød der et skud mere. Det varede et øjeblik før han indså at han var blevet ramt. Han så blodet trænge igennem den tynde løbejakke, men han følte ingen smerte. Han vendte sig halvt og så Joakim sænke pistolen.

Et tredje skud lød. Joakim så overrasket ud. Så faldt han udramatisk til jorden. Nicklas fangede et glimt af Sascha bag ham. Hun var stået ud af bilen og stod stadig med sin pistol i skydeposition.

Bag hende stod Winnie med åben mund. Benjamin knipsede løs. Blitzen blændede i det begyndende tusmørke.

Nicklas opfattede det hele som om det foregik på en tv skærm. Selv havde han kun en bevidst tanke: at nå hen til helikopteren.

Selv om han løb, føltes det som en evighed at nå derover. Hans løbesko sank ned i den mudrede jord.

Nu var han så tæt på at han kunne se hvor smadret den var. Rotoren var bøjet. En gren var fanget i haleroret. Forruden lignede skærmen på en iPhone. Der var mudder alle vegne.

Endelig var han helt derhenne. Kendra sad stadig spændt fast. Øjnene var lukket og håret dækkede halvdelen af ansigtet. Til sin store lettelse så han ingen blod.

Han rev i døren. Den ville ikke gå op. Stanken af benzin rev ham i næsen. Han hev og flåede igen i døren. Den gav efter, men ville ikke åbne helt. Han masede sig igennem døråbningen og råbte på Kendra. Hun åbnede øjnene, men reagerede ellers ikke.

Stanken gjorde ham svimmel. Han var klar over at tiden var ved at løbe ud. Heldigvis gik sikkerhedsselen op uden modstand. Han greb fat i hende. Prøvede at få hende lempet så tæt på at han kunne løfte hende ud af sædet.

Nu havde han fat i hende. Det var svært at bakke ud af en dør der ikke ville åbne helt. Han trak hende fri og løftede hende op i sine arme.

Først da han bar Kendra hen imod bilerne, gik det op for ham at der var blå blink og sirener over alt. Tre brandmænd løb forbi ham med vandslanger. Ambulancefolk var ved at klargøre en båre. Politikolleger havde lagt de tre resterende bandemedlemmer i strips og var i gang med at føre dem væk.

Sascha var ved at blive udspurgt af en politikvinde som han ikke havde set før. Benjamins blitz lyste stadig op.

Kendra hostede. Der kom liv i hendes blik. Hun så spørgende op på ham og han hviskede beroligende ord til hende.

Idet han passerede Benjamin, hørte han ham sige til Winnie:

- Det her bliver Årets Pressefoto!

AnnetteDollard.com
E-mail mail@annettedollard.com